陌上花开

在《诗经》的原野上漫步

丁立梅 著

人民东方出版传媒
People's Oriental Publishing & Media
东方出版社
The Oriental Press

因为有热爱,
受苦受难的人世,
才有了光,
有了暖,
有了歌唱,
有了一种叫希望的东西,
也才有了生生不息。

目录

第一辑 采采芣苢

关雎 / 003
卷耳 / 010
白华菅兮 / 017
采采芣苢 / 023
采葛 / 030
野有蔓草 / 035
何草不黄 / 039
采绿 / 043
四月 / 050

第二辑 蒹葭苍苍

蒹葭苍苍 / 061
喓喓草虫 / 068
葛生 / 073
有女同车 / 080
有女如云 / 085
月出 / 091
泽陂 / 096

第三辑 桃之夭夭

溱洧 / 107
十亩之间 / 112
樛木 / 116
桃之夭夭 / 121
匏有苦叶 / 127
野有死麕 / 133

第四辑 东门之杨

摽有梅 / 143

静女 / 148

葛覃 / 153

桑中 / 159

芄兰 / 163

狡童 / 168

东门之杨 / 172

第五辑 我行其野

我行其野 / 181

隰有长楚 / 187

蟋蟀 / 191

山有枢 / 198

何人斯 / 204

苕之华 / 213

中谷有蓷 / 218

第六辑 蔽芾甘棠

蔽芾甘棠 / 227

猗嗟 / 231

绿竹猗猗 / 236

木瓜 / 242

呦呦鹿鸣 / 246

夜未央 / 252

黍离 / 257

第一辑 采采芣苢

因为有热爱,
受苦受难的人世,
才有了光,
有了暖,
有了歌唱。
有了一种叫希望的东西,
也才有了生生不息。

《诗经名物图解·荇菜》

关雎

guān guān jū jiū, zài hé zhī zhōu。
关关雎鸠，在河之洲。
yǎo tiǎo shū nǚ, jūn zǐ hǎo qiú。
窈窕淑女，君子好逑。

cēn cī xìng cài, zuǒ yòu liú zhī。
参差荇菜，左右流之。
yǎo tiǎo shū nǚ, wù mèi qiú zhī。
窈窕淑女，寤寐求之。
qiú zhī bù dé, wù mèi sī fú。
求之不得，寤寐思服。
yōu zāi yōu zāi, zhǎn zhuǎn fǎn cè。
悠哉悠哉，辗转反侧。

cēn cī xìng cài, zuǒ yòu cǎi zhī。
参差荇菜，左右采之。
yǎo tiǎo shū nǚ, qín sè yǒu zhī。
窈窕淑女，琴瑟友之。
cēn cī xìng cài, zuǒ yòu mào zhī。
参差荇菜，左右芼之。
yǎo tiǎo shū nǚ, zhōng gǔ lè zhī。
窈窕淑女，钟鼓乐之。

——《国风·周南·关雎》

注释

关关雎鸠	雎鸠鸟不停地鸣叫。关关，拟声词。雎鸠，一种水鸟，一般认为是鱼鹰，传说它们雌雄形影不离。
洲	水中的陆地。
窈窕	文静美好的样子。
淑女	善良美好的女子。淑，美，美好。
好逑	好的配偶。逑，配偶。
参差	长短不齐。
荇菜	一种可食的水草。
左右流之	在船的左右两边捞取。流，求取。
寤寐	这里指日日夜夜。寤，醒时。寐，睡时。
思服	思念。服，思念。
悠哉悠哉	形容思念之情绵绵不尽。悠，忧思的样子。
辗转反侧	翻来覆去，无法入眠。
琴瑟友之	弹琴鼓瑟对她表示亲近。
芼	挑选。
钟鼓乐之	敲钟击鼓使她快乐。

我们打开《诗经》，首先跳入眼帘的，就是这首《关雎》。

从前我跟着我爸念它，念得摇头晃脑的，因它的朗朗上口。幼小的心，并不懂它的意思，只觉得好玩儿，唱歌谣一般地唱着。

它当然是歌谣。是先民们的理想人生。

我爸的解释活泼生动。我爸说，里面有水鸟在叫，有水葫芦在水上漂，有姑娘去水边捞水葫芦。有好人家看上姑娘的勤劳，把姑娘用八抬大轿娶回家去了。

　　水鸟我是熟悉的，乡下多池塘，多小河。有池塘有小河的地方，就多水鸟入住。它们成双成对，潜伏在芦苇丛中，咕嘎咕嘎欢叫着。有一种水鸟，叫声却不那么喜人，它总是"苦啊苦啊"地叫着，好像结了满肚子的愁怨。更深人静时，它突然一声悲鸣，苦啊——把人从梦中惊醒。我奶奶说，这鸟是被恶婆婆虐待的媳妇变的。恶婆婆打骂媳妇，成天让媳妇干活儿，却不给媳妇饭吃，最后媳

《诗经名物图解·雎鸠》

妇投水而死，变成了这苦恶鸟。以至于我有一段日子怕走近池塘，怕见到苦恶鸟。

但我喜欢鱼鹰、白鹭一类的水鸟，它们飞翔起来的样子太迷人了，叫起来也不难听。它们低低飞过水面时，水面上会泛起细细的波浪。

雎鸠大约是鱼鹰一类的鸟吧。

我爸不说荇菜，他说水葫芦。他大概也不知荇菜是何种植物，它其实也是浮萍的一种，开黄色小花儿。水葫芦我们小孩都熟悉得很，它就在我家屋后的小河里荡着。我们常趴在河边，捞它上来给猪吃。

我爸说的勤劳的姑娘被好人家看上了，人家用八抬大轿把她隆重地抬回家，这让我羡慕。八抬大轿呀，那该多热闹。姑娘会穿上红嫁衣，头上插满珠翠，被人搀扶着坐上花轿吧？鞭炮齐鸣，前呼后拥。到了好人家，她的日子多么好啊，天天都吃白米饭吧？天天都有好衣裳穿吧？我这么幻想着，立志也要做个勤劳的好姑娘。

待我长大些再读它，我已不再向往勤劳的好姑娘了，而是被诗里的年轻男子感动了。其时，我的爱的情感正朦胧着，渴望着一心一意的爱情。诗里的男人，真是个不可多得的好男人，一旦认定，便付之以深情以忠诚。

这应是一处天好地好人好的地方，雨水充足，物草丰美，农舍俨然。这一日，天清气朗，只听见一户人家的院门"吱呀"一声开了，一个姑娘挎着篮子从院子里走出来。姑娘虽说是布衣荆钗，可看上去真健康，结实饱满的身体，像只鲜艳的水蜜桃。姑娘走向屋后的小河边，她要去河里采荇菜。河中央的绿洲上，聚集着不少雎鸠，它们正处在求偶期，成日里欢叫着，一唱一和地。叫得姑娘的心，像吸足了水分的荇菜，轻轻一掐，就是满把的柔情蜜意。

年轻的男子远道而来，邂逅了这个在采荇菜的姑娘。姑娘娴熟优美的采摘动作，把他给吸引住了：

参差荇菜，左右流之。
参差荇菜，左右采之。
参差荇菜，左右芼之。

《仕女图》 [清] 邹其左

小河里，荇菜们生长得可真茂密，长长短短，错落有致。微风拂动，它们的倒影，齐齐在水波里晃动，像无数游弋着的绿色小鱼。这种植物的嫩茎叶和根皆可食用。这时节，正是吃荇菜的好时节，乡野人家的餐桌上，断断少不了一两盘炒荇菜的。

姑娘也是采它回家当菜肴的吧？她欢快地挥舞着长长的手臂，左采一下，右采一下，动作连贯，神态从容自在。看得出来，姑娘是劳作的行家里手，勤劳着呢。这就叫人不只是爱慕，而是敬重了。劳动着的人是美丽的，何况，这还是一个年轻的姑娘！岁月的风霜还不曾吹上她的脸，所以，她的劳作，让人看不到艰辛，反倒散发出一种无法言说的美，与彼时的天空和大地多么般配。

年轻的男子几乎在一瞬间爱上了这个健康贤淑的姑娘：

窈窕淑女，君子好逑。

他忍不住走上前去，向姑娘表达爱意。姑娘是个矜持的好姑娘，她没有草率地答应他，而是礼貌地回绝了。

姑娘稳重得体的好品德，使年轻的男子越发地敬重，有了非她不娶的念头。他回家去，害起了相思病，睡着醒着，都是姑娘在水边采荇菜的样子。一湾清水照着，美好的姑娘，如一株水灵灵的植物，清新碧绿。人间再好的景致，也难出其右。

年轻人到底是果敢的，他不止于相思，他行动起来了，携上琴带上瑟，礼节周全地登上姑娘家的门。他对着姑娘操琴鼓瑟，如此慎重之举，最终打动了姑娘的芳心。男子并没有因此就不懂珍惜，他很郑重地对姑娘承诺，到时，我会敲锣打鼓，风风光光把你迎娶回家的。

到这里，这场爱情的邂逅，算是画了个圆满的句号了。爱上你，是因为你值得被我爱上。从此，我就认定了你，就要"钟鼓乐之"，给你名分，给你安全感，陪着你一生一世走下去，一直走到地老天荒。

中年后再读它，我已跳出爱情之外，满眼里，是水鸟鸣叫着飞翔，荇菜绿绿地生长。有人说，人生有三重境界，第一重境界，看山是山。第二重境界，看山不是山。第三重境界，看山还是山。人活到最后是走回来做自己的。我无比佩服我爸了，当初他的解读，多么贴切合理。这首《关雎》所构画的，不就是一幅岁月静好的图景吗？云在青天，水在河里。雎鸠自在地叫着，荇菜自在地长着。人呢，自在地做着人的事情，他们劳动，他们恋爱，他们结婚，礼乐制度健全，社会秩序井井有条。这样的世道，真是好得很了。

这大约是孔子的理想社会。也是他在三千多首诗中，挑出它来，并把它排在最前面的缘故吧。

卷耳

采采卷耳，不盈顷筐。
嗟我怀人，寘彼周行。

陟彼崔嵬，我马虺隤。
我姑酌彼金罍，维以不永怀。

陟彼高冈，我马玄黄。
我姑酌彼兕觥，维以不永伤。

陟彼砠矣，我马瘏矣。
我仆痡矣，云何吁矣。

——《国风·周南·卷耳》

注释

采采　采了又采。《诗经》中"采"的动作，往往与怀人有关。

卷耳　又名苓耳、枲耳、胡枲，叶青白色，开白花，细茎蔓生，可煮食，滑而少味，可谓曲蘗（niè）。又有人以为即苍耳，又名"羊带来"，菊科，嫩时叶子可做猪饲料。

顷筐　形如簸箕的浅筐。顷，斜。

嗟　感叹，伤感。

寘　同"置"，弃置，言所怀之人长在路途，如同弃置在大路上。一说指筐，放在大路上。

彼　指顷筐。

周行　大道。

陟　登上。

崔嵬　山顶处有土者称崔嵬，此处即登上高山之义。

虺隤　极度疲劳，有如害病。

酌　斟酒。此处也指饮酒。

金罍　青铜铸的酒器，圆形，鼓腹，刻有花纹。

维　语助词。

永怀　长久地思念。永，深长，深陷。

玄黄　马极度劳累而变色，是夸张之语。玄，深青色。

兕觥　用犀牛角做的酒杯。

伤　伤怀。

砠　土山顶上有岩石之称。

瘏　马因疾病不能前行。

痡　人因疾病不能前行。

云何　多么。

吁　忧叹。吁，一作盱，张目远望，似更传神。

《毛诗品物图考·采采卷耳》

卷耳是什么？有人说是苍耳。我表示严重怀疑。苍耳我太熟悉了，小时候在乡下，这种野草最不为众人喜。因为它的叶子太苦了，羊不爱吃。结出的果子叫苍耳子，浑身裹满了小钩刺，张牙舞爪的，跟只小魔兽差不多。谁从它身边过，它都要亲热地扑上去，乱啃一气。结果，人的衣服上、头发上、鞋子上，都挂满它的小刺果，一时半会儿是清理不完的，只能自认倒霉，带着它走。半夜里人的腿被什么东西刺疼了，掀开被窝，准会发现有几颗苍耳子，不知何时它们竟沾到被子上了。

我们小孩子之间打闹着玩儿，总有一两个调皮蛋，偷偷摘一把苍耳子，趁对方不注意，撒到对方头上。这下好了，苍耳子与头发迅速糅成一团，像团乱麻似的，再也理不清了。回家去，大人知道了，免不了要挨顿打骂。基于苍耳子的表现如此恶劣，我们很少招惹它，任它在草丛里作威作福。

古时人们采摘野草，一是当菜蔬，一是为祭祀，也不排除药用。但诗里这个女人如此漫不经心地采着，显然不是为祭祀，也不是另有用途。虽说苍耳的种子可榨油，可掺和桐油制成油漆，也可作油墨、肥皂、油毡的原料，还可制硬化油及润滑油，也可供药用。但那时，这些技术尚未出现。

我同意另一种推测，卷耳就是一种山马齿苋，俗称婆婆指甲菜，嫩苗可食用。人们采它，是当野菜的。不过，对于这里的这个贵族少妇来说，她来采的是什么，采了做什么用的，她似乎并不在意。她只是找点事情做做，聊以打发难挨的时光罢了。

她生来命运不坏，原生家庭显贵。待得成年，所嫁之人，也是门当户对的。更难得的是，她与夫君两个人的感情很好，他主外，她主内，日子过得幸福美满。

可是，却有了生别离。夫君不得不出远门一趟，她纵有万般不舍，也无可奈何。他跟她约好归期，长则两三个月，短则十天半月。然而，他一去竟是小半年了。秋天走了，冬天走了，他都没有归来。

眼下，春已茂盛。

她思念成疾，神思变得恍惚，外面稍稍一阵响动，她都以为是他回来了。"打起黄莺儿，莫教枝上啼。啼时惊妾梦，不得到辽西"，她大概也做过这样的傻事，捡起土疙瘩去打枝头的鸟儿，埋怨它的唧啾惊扰了她的美梦。多好的梦！梦中，她和他团聚了。

地里的婆婆指甲菜绿成一片了。她想到他最爱这春天的第一口新嫩，便提了只小筐子，亲自去采。外面的大好春光，逗引得她的愁绪泛滥成灾，她不断地朝着他回来的路口张望，好想他能立即出现在眼前。没有他在，这美好的春天就要辜负了呀：

采采卷耳，不盈顷筐。
嗟我怀人，寘彼周行。

她哪里有心思采野菜呀，手里的动作迟缓而机械，她貌似也

《诗经名物图解·芣苢/卷耳》

在《诗经》的原野上漫步：陌上花开

在采啊采，可大半天过去了，浅口的一只小筐子，才堪堪摊了个筐底。她的一颗心，早飞到他身边去了。手边的小筐子什么时候被碰翻在大路旁的，也不自知。

后世有首《春闺思》，跟这首诗有异曲同工之妙：

> 袅袅城边柳，青青陌上桑。
> 提笼忘采叶，昨夜梦渔阳。

后世这个采桑女当不知，早在她之前的《诗经》时代，就有个小妇人和她一样，陷在无边无际的思念中，忘了所有。

恩爱的人是有心灵感应的。这个时候，她的夫君耳根子发热，也正策马扬鞭，心急如焚地往家赶。他知道她在念着他，他也期望早点儿见到她的。

路上却出了些小意外，"陟彼崔嵬，我马虺隤"。遇到一座土石山了，他催马登上去，马却因为连日赶路过于疲惫而腿脚发软。他只好就地停下，让马休息一下。为解忧愁，他叫仆人取出他的青铜酒杯，满满斟上酒。他对她隔空说起情话：

> 我姑酌彼金罍，维以不永怀。

——亲爱的，我姑且用金罍饮上一杯，好慰藉我对你的长久思念啊！

他又催马走上高高的山脊梁。马却突然生病了，走不了了。没办法，他只好再次停下来，给马治病。一边让仆人取出用犀牛角做的兕角酒杯，他要再饮一杯。他是个有品位的男人，尽管归途一再不顺利，他对生活所抱有的热爱，一点儿也没打折扣。

他举杯对着家的方向，倾诉着对她的思念：

我姑酌彼兕觥，维以不永伤。

——亲爱的，我姑且再拿兕觥饮上一杯，以减缓我见不到你的伤感啊！

山还高着，水还长着，他们还隔着山山水水。后来，他好不容易登上了乱石冈，更大的意外出现了：

陟彼砠矣，我马瘏矣。
我仆痡矣，云何吁矣。

连日的赶路，马彻底倒下了，身边的仆人也因疲累而生了病。他徒呼奈何，忍不住对天长叹，亲爱的，我不能及时赶回去见你，这真叫我忧愁不已啊！

他这一声长叹，让我们更有理由相信爱情。天地间，原是有恩爱有情长的。

白华菅兮

白华菅兮,白茅束兮。
之子之远,俾我独兮。

英英白云,露彼菅茅。
天步艰难,之子不犹。

滮池北流,浸彼稻田。
啸歌伤怀,念彼硕人。

樵彼桑薪,卬烘于煁。
维彼硕人,实劳我心。

鼓钟于宫,声闻于外。

念子懆懆，视我迈迈。

有鹙在梁，有鹤在林。
维彼硕人，实劳我心。

鸳鸯在梁，戢其左翼。
之子无良，二三其德。

有扁斯石，履之卑兮。
之子之远，俾我疧兮。

——《小雅·都人士之什·白华》

注释

白华	秋天茅草洁白的样子。
菅	为茅的一种，亦名芦芒。
白茅	野生菅草硬挺，经过沤制后变得柔软，就是白茅。
束	捆扎为束状。
远	离心离德。
俾	使。

英英	白云明亮的样子。
露	露水滴落。菅茅草经过露水后,更加坚实。
天步艰难	指命运多舛。天步,天运、天命。
不犹	不如,指不如云露还能滋润菅茅。或可解为无谋,拙于生计。通"猷",谋划。
滮池	泽水名,在今陕西西安市西北。
啸歌	唱歌,哀伤而歌。
樵	砍柴。
桑薪	以桑为薪。
卬	同"昂",指我,女子自称。
煁	无釜之灶,可放入柴草以为烘燎。
劳	伤心。
慅慅	忧愁不安的样子。
迈迈	不高兴的样子。
鹙	一种凶猛的鸟,与鹤同类而体形比鹤大,头、颈部无毛。
梁	水坝。
戢其左翼	鸳鸯把嘴插在左翼下休息。
有扁	即"扁扁",乘石的样子。乘石是乘车时所踩的石头。
履	踩,指乘车时踩在脚下。
疧	忧病。

《诗经名物图解·鹙》

《诗经》里有一些不幸的女人，她们有个共同的名字，叫弃妇。她们的出身和成长环境虽各不相同，但命运却殊途同归——遇人不淑，多情总被无情误。她们的情感曲线如出一辙，无外乎是我还深爱着你，像最初遇到你时一样，从未有过偏差。你却变心了，对我不好了，"二三其德"了。总之，她们是受害方。她们满肚子委屈，哭哭啼啼对天对地诉说，心里面一面怨恨着，一面又妄想着浪子回头。她们是一万个也放不下，尽管知道最初的恩爱，早已成云烟飘散，可还是要陷在里面，不肯清醒过来。他当初是爱过我的呀，她们抱着根救命稻草似的，紧抱着曾经那一丝的暖意不放。岂不知，时过境迁，一切都变了，海虽没枯，石虽没烂，誓言却早已枯了烂了，浪子是不可能回头的。

这里的这个弃妇，据说是周幽王的原王后申后。周幽王被美人褒姒（sì）迷上后，废掉申后，改立褒姒为王后。这让申后情何以堪？她本是申国的公主，原是多尊贵的一个人哪，现在受了这等奇耻大辱和天大的冤屈，心里怎能没有怨？于是，她幽幽怨怨唱开了，成了那个年代众多"怨妇"中的一个。不平，不甘，又无可奈何，只能独自向隅而泣，我自悲怜。

然申后到底出身尊贵，当是琴棋书画无一不精通的，她这个"怨妇"，自然不同于一般的"怨妇"，寻常的"怨妇"只一味沉溺于自己的哀伤中，关闭着自己的五官知觉，只囿于一个人的小世界里,彻底忘掉外面还有一个大世界。她五官的知觉却相当活跃,她的眼睛里有白云轻盈地在飘;有甘美的露珠润泽着芒草和茅;有河流蜿蜒地向北流去,浇灌着碧绿的稻田;有上等的柴火,烘暖炉子;有秃鹭活跃在拦鱼的水坝上;茂密的林子里,有白鹤飞来;啊,那水坝边上,还有恩爱的鸳鸯,把嘴插在翅膀下,一对对,靠在一起睡得正香。

她在伤感的同时,也在抒情,拿自然之物叙述,这让她的哀愁变得美丽起来。这美丽的哀愁,好似一大片洁白的芒花在飘,鲜洁又无邪。

她的恋情,就是从芒花开始的:

> 白华菅兮,白茅束兮。

那时她多青春多天真,看到白莹莹的绵软的芒花,欢天喜地地去摘了一大捧,用白茅扎好,送给心上的那个人。那时,他是爱她的。

如今,芒草还在开着花,白茅还在生长着,它们被清澈的露珠滋润着,那个人却离开了她。她看到天上的"英英白云"时会想到他,听到"鼓钟于宫"时会想到他,看到"鸳鸯在梁"时会想到他。她完完全全地触景生情,一边埋怨着,一边试图原谅着:

> 滮池北流,浸彼稻田。
> 啸歌伤怀,念彼硕人。

> 樵彼桑薪，卬烘于煁。
> 维彼硕人，实劳我心。
>
> 有鹙在梁，有鹤在林。
> 维彼硕人，实劳我心。

原来，她最意难平的是那个"硕人"——褒姒。盖因这个大美人的横刀夺爱，才让他变了心，让他再不似滮池般的滋养稻田，再不似桑薪般的烘暖行灶，他情愿豢养凶狠的秃鹙，也要舍弃她这只高雅纯洁的白鹤。

> 有扁斯石，履之卑兮。
> 之子之远，俾我疧兮。

曾经她做王后时，上马车时当垫脚石的那块扁扁的石头还在，她想再去踩一踩，却因身份卑微而不能够了。她这才恍然大悟，对着虚空中的那个人说，你是真的走远了，想要使我忧思成疾啊。

她的结局不算太糟糕，她被废后，父亲申侯气不过，联合犬戎，于公元前 771 年，攻克周朝都城镐京，杀死了周幽王。她的儿子宜臼即位为王，始称周平王。迁都洛邑，西周结束，东周开始。

美丽的哀愁却仍在风中荡着，那些洁白的芒花，鲜洁又无邪，成了一支隽永的歌，千百年来，一直咿咿呀呀唱着。它触碰着我们心中最柔软的部分，很想成为那样一枝芒花，自在地开在野地里，这与爱与不爱倒没多大关系了。

采采芣苢

采采芣苢，薄言采之。
采采芣苢，薄言有之。

采采芣苢，薄言掇之。
采采芣苢，薄言捋之。

采采芣苢，薄言袺之。
采采芣苢，薄言襭之。

——《国风·周南·芣苢》

注释

采采　采摘。一说，采采为形容词，形容色泽鲜明的样子。
芣苢　又名车前草、车前子。嫩苗可食，其叶和种子都可以入药。
薄言　"薄""言"都是助词，无实义。
有　取得，获得。

掇	拾取，摘取。
捋	从茎上成把地取下，撸取籽粒。
袺	提起衣襟兜东西。
襭	把衣襟掖在腰带上以兜东西。

我总感觉这是一群孩子在摘果子。

比如，摘枣子。

我家的枣树是我三姑少时在家时栽的。等到我们也到了少年时，枣树已到中年。中年是生命中最繁盛的年龄，有子有女，果实累累。所以我家枣树每年都挂一树的枣子，密密匝匝。我们这些半大孩子，天天仰着头望向枣树。那时的零嘴实在有限得很，枣子堪比糖果。

我们眼望着枣子从青涩，一点一点红了皮。村子里的孩子便都簇拥而来。干吗？摘枣子啊。我们比候在一旁的鸟要早一个时辰。鸟吃不到嘴，在半空中盘旋，急得啾啾啾。理它们呢！我们爬上树去，采呀采呀采。我们举起竹竿，敲呀敲呀敲。噼里啪啦，噼里啪啦，可爱的枣子如雨点蹦跳而下。我们弯下腰，跟着枣子跑，捡呀捡呀捡。口袋装不下了，把衣襟兜起来装。衣襟也装不下了，有孩子干脆脱了衣裳来兜。记不得有没有红红的太阳照着了，记不得微风是怎么拂着微汗的红脸蛋了，那摘枣子时沸腾的欢乐，至今还在烫着我的胸口。我好想走回去，再走到那棵枣树底下，温一温摘果子时的甜蜜。可惜，回不去了。那棵枣树早已衰老枯死，当年一起摘枣子的孩子，也早已各奔东西，不知何处去了。

幸好还有记忆在。

记忆里还有这场采芣苢在。人间值得了。

芣苢是何种植物？基本的定论是车前子。车前子是乡下随处可见的野草，在吾乡被称作"牛耳朵"。盖因它的叶片，长得非常像牛耳朵，很肥大。它的花极细小，穗状。羊和猪都爱吃，我们装在篮子里的羊草、猪草中，准有它。它有一定的药用价值，吾乡人得了痢疾，便去地里挖几棵"牛耳朵"回家，熬汤喝。先民们则认为，车前子治不孕。他们也拿它当菜蔬，煮汤喝，或凉拌了吃，都有之。现在有些朝鲜族的人，还留有喝这种汤的习惯。

只是采车前子是没有这等欢跃跳脱的。寻常野草嘛，道旁和野地里都是，用不着这么急急地采，更不必又是"掇"又是"捋"，还要"袺之""襭之"。我想着，这极有可能是采摘什么野果子呢，结出来一串一串的那种。

其实，这群妇人采的什么并不重要。重要的是，她们在那一刻很安然，很自在，很享受，很愉悦。纵使过了几千年，她们活泼快活的样子，还鲜活如斯。

真该配了手鼓来读它，一边读，一边敲。嘭嘭嘭嘭，采呀采呀；嘭嘭嘭嘭，捡呀捡呀；嘭嘭嘭嘭，捋呀捋呀……你不由自主地跟着快活起来，想舞之蹈之，想深深热爱这个世界一回。

那么，走吧，跟着她们走向青碧澄黄的原野去。这群妇人多么健康，她们素面朝天，有着小麦一样的肌肤，有着健壮饱满的四肢。她们像云朵一样飘到原野上，采芣苢呀采芣苢。清人方玉润在《诗经原始》中如此想象："恍听田家妇女，三三五五，于平原绣野、风和日丽中，群歌互答，余音袅袅，若远若近，忽断忽续，不知其情之何以移，而神之何以旷……"他的想象真是贴切可爱。天地万物原是这般可喜，叫人情不自已，心驰神往。

那么，跳进去吧，和她们一起唱和起来：

采采芣苢，薄言采之。
采采芣苢，薄言有之。

采采芣苢，薄言掇之。
采采芣苢，薄言捋之。

采采芣苢，薄言袺之。
采采芣苢，薄言襭之。

生活的万般辛苦都可以忽略不计了，这会儿，她们是自己的国王，自己的奴仆。她们深爱着手里采着的芣苢，那上面有上帝的面孔。她们深爱着生活，深爱着脚下的土地。她们采了又采，捋了又捋，掉落的，赶快捡起来，绝不浪费一点点。篮子里装不下了，拿衣襟兜着吧。衣襟装不下了，就把衣襟掖在腰带上，那样可以装得更多。她们智慧，她们勤劳，她们乐观，她们手脚麻利。她们虽渺小，可生命一样有着宏大的愿景，她们有着自己向往的

《毛诗品物图考·采采芣苢》

第一辑 采采芣苢

圆满人生。

我想到一阕汉乐府。后世的江南采莲女,和这首诗里采芣苢的妇人,原是一脉相承的:

江南可采莲,莲叶何田田。鱼戏莲叶间。
鱼戏莲叶东,鱼戏莲叶西,鱼戏莲叶南,鱼戏莲叶北。

多么欢愉，多么深情！人类延续至今，经历过无数的动荡、伤害和灾难，但人类从不缺少热爱。因为有热爱，受苦受难的人世，才有了光，有了暖，有了歌唱。有了一种叫希望的东西。也才有了生生不息。

《采莲图卷》（局部）　[明] 陈淳

采葛

彼采葛兮，一日不见，如三月兮！

彼采萧兮，一日不见，如三秋兮！

彼采艾兮，一日不见，如三岁兮！

——《国风·王风·采葛》

注释

彼	那。
采	茂盛。一说，采集。
葛	葛藤，一种蔓生植物，块根可食，其皮可制成纤维织布。
萧	植物名。香蒿，又叫牛尾蒿，枝干晒干后燃烧，有香气。古代祭祀时常用牛尾蒿和动物油脂放在一起燃烧，令其烟气上达神灵。
三秋	三个秋季，即九个月。此处用"秋"字，因秋天草木摇落，秋风萧瑟，易生离情别绪，引发感慨之情。
艾	多年生草本植物，其叶子供药用。

《诗经名物图解·葛》

　　一部《诗经》里最好诵记的诗，莫过于这首《采葛》了。只需念上一遍，便能熟背下来。"一日不见，如隔三秋"，刻骨相思的出处，原在这里。

　　《毛诗故训传笺》中，认为此诗是为讽刺周桓王时谗言当道，贤臣得不到重用而作：

> 桓王之时，政事不明，臣无大小，使出者则为谗人所毁，故惧之。

第一辑　采采芣苢

周桓王是谁？他是周平王姬宜臼的孙子姬林。周天子之位本轮不到他，而是该他的爹——太子姬泄父继承，可姬泄父未等继位就早早过世了。平王驾崩后，大臣们便拥立姬林登了位，史称周桓王。年少气盛的姬林多意气用事，他即位后，压制郑国国君郑庄公的权力，使周与郑交恶，为自己埋下祸根。后来，他与郑庄公开战，被郑国将领射了一箭，周天子的权威从此不再。面对这样一个糊涂又任性的天子，少不得有贤臣拼命苦谏。他呢，一概不听不理，反倒听信一些小人挑拨，打击贤臣。委屈又焦虑的大臣，无法排遣心中忧伤，便借助于"采葛""采萧""采艾"来表忠诚。只是遗憾的是，这么深情的表白，都付了流水。

简直暴殄天物啊！

我还是喜欢把它当爱情诗来读。

它有着爱情的缠绵、纠结和忧伤。它是属于热恋的。

热恋中的人，哪怕一时一刻也不愿分离。"人道海水深，不抵相思半。海水尚有涯，相思渺无畔"——热恋中的相思就是这样的深入骨髓，叫人欲罢不能。

这是个陷入热恋的青年，心爱的姑娘与他有了短别离，青年想念她想念得紧，徘徊在姑娘曾日日劳作的野外，望眼欲穿。他眼前晃动着的，都是姑娘昔日里劳作的样子：姑娘在采葛，回家织布；姑娘在采萧，为祭祀做准备；姑娘在采艾，为家人疗疾。姑娘劳作的身影，美好得像棵开花的草。

啊，整整一天过去了，姑娘没有回来。对男子来说，就像过

《毛诗品物图考·彼采艾兮》

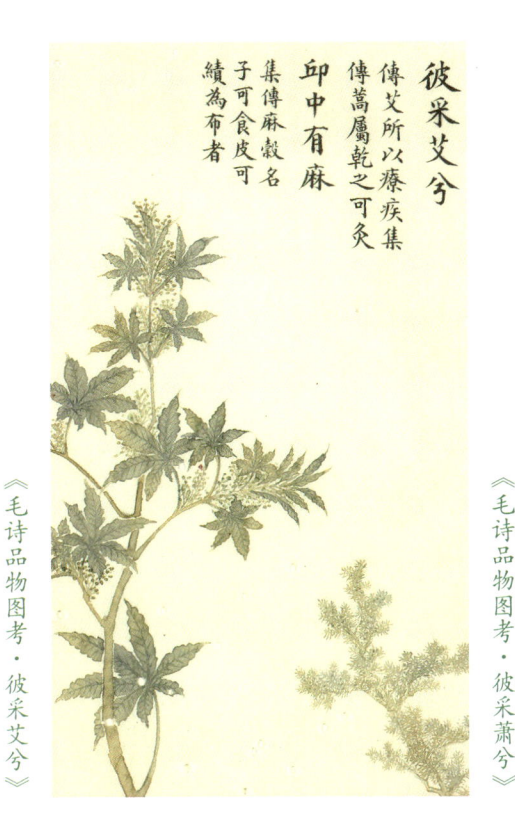

《毛诗品物图考·彼采萧兮》

了三个月那么久。

又一天过去了，姑娘还是没有回来。男子觉得时光漫长得像过了九个月。

再一天过去了，心爱的姑娘仍没有回来。男子近乎煎熬了，他简直度日如年！他焦灼不安，他胡思乱想，他夜不能寐，心中淌着一条忧伤的河。实在忍不住了，他披衣起床，提笔在灯下疾书，写下心中的思念。一封最古老的情书就这么诞生了：

> 彼采葛兮。一日不见，如三月兮！
>
> 彼采萧兮。一日不见，如三秋兮！
>
> 彼采艾兮。一日不见，如三岁兮！

——亲爱的，我多么喜欢你采着葛藤的样子，一天不见你，我如同过了三个月啊！亲爱的，我多么喜欢你采着香蒿的样子，一天不见你，我如同过了三个季节啊！亲爱的，我多么喜欢你采着香艾的样子，一天不见你，我如同过了三年啊！

不知那个姑娘得此情书后，会是什么反应。意外？狂喜？激动？热泪盈眶？他们后来有没有修成正果，都不重要了。对于年轻的姑娘来说，她的一生中，曾被人如此惦念过、珍视过，生命当是丰盈的。我祝福她。

野有蔓草

野有蔓草，零露漙兮。
有美一人，清扬婉兮。
邂逅相遇，适我愿兮。

野有蔓草，零露瀼瀼。
有美一人，婉如清扬。
邂逅相遇，与子偕臧。

——《国风·郑风·野有蔓草》

注释

蔓草　　蔓延的草，即茂盛的草。
零　　　落。
漙　　　同"团"，露水多的样子。一说是形容露珠圆圆的状态。
清扬　　形容眉目之间清秀。
婉　　　美好的样子。

邂逅　碰巧相遇，不期而会。
适　　顺，遂心。
瀼瀼　露水多的样子。
偕臧　都满意。偕，一起。臧，美好。

多好的大自然！多清新美好的一个清晨！

野有蔓草，零露漙兮。
野有蔓草，零露瀼瀼。

轻轻念念这样的诗句，唇齿间就注满青草的清香、露珠的清凉。一颗心跟着晶莹起来圆润起来，一个劲儿地向下坠去、坠去，坠入到泥土里，化作原野上那青草丛中的一棵、露水中的一滴。

这是在天高地阔的野外。野草疯长，一直蔓延到天边去了。夜里刚降下一场露，浓郁、丰沛。极目之处，天与地，上下一色，青碧里，闪着银光。风吹着湿漉漉的清香，十里相续。置身于这样的大自然里，人被濯（zhuó）洗成一个崭新的人了，吸进的是泠泠的草香，吐出的是幽幽的芬芳。凡尘俗事皆可抛却，灵魂得享一刻的纯洁和安宁。

真好。

这是从前的郑国。小小王国，依山傍水，风景秀美，物产丰饶，吸足了天地之精华。民风淳朴厚道，又有着自然浪漫的情怀。

虽则战乱不止，但草木不管人间事，它自有它的从容不迫，只顾日升月落。好山好水与人相亲，人也总能找到一丝缝隙，在那缝隙里种光、种暖、种情、种爱、种烟火日子。

于是，在这样一个露珠团团、青草吐芳的清晨，一场摇着绿的不期而遇，成了必然。

一个姑娘来了。

她一径走向那片青草地。她或许就是一个普通的邻家姑娘，赶了早来采把青草回家喂马。青青的草上镶着无数颗晶莹的眼睛，骨碌碌地转着，映衬得姑娘成了水灵灵的一个人，清扬婉兮，婉如清扬。

一个青年路过。

他打老远就看到在青草地上割草的姑娘。姑娘清新得宛如碧绿的湖面上，浮出的一朵莲。他的心，仿佛在一刹那间停止了跳动，天哪，这真是个美人啊！

这个时候，如果他们之间要发生些对话，一定是这样的：

——哦，原来你也在这里。

——是的，我也在这里。

此时此地，不早不晚，适逢其时，他们相遇了。一眼之缘，便是终身。社会动荡又如何？兵荒马乱又如何？总容得下两个相爱的灵魂。青草肆意地青绿，露珠肆意地瀼瀼，人性不可湮没。

于是有了青年由衷的喜悦，像棵要开花的草一般自然：

有美一人，清扬婉兮。
　　邂逅相遇，适我愿兮。

　　不遮不掩，不欺不瞒，不害羞，不退缩，我喜欢了，就对你说喜欢。你美好的样子，非常符合我的期待，我很想与你永结同心，就是这样的。之前，他或许也曾辗转无数，过尽千帆皆不是，不肯将就，一定要等到合眼缘的那一个。现在，他终于邂逅了她。
　　剩下的时光，他们只要相爱就好了。他真诚地对姑娘表白道：

　　邂逅相遇，与子偕臧。

　　——感谢老天爷，这个清晨让我无意中遇到你。我很喜欢你，想和你在一起，变得更美好。你愿意吗？
　　真想代这个姑娘回答，我愿意！
　　这么明亮清新的一个清晨，就该谈一场青草般的恋爱，方才不算辜负。

何草不黄

何草不黄，何日不行？
何人不将，经营四方。

何草不玄，何人不矜？
哀我征夫，独为匪民！

匪兕匪虎，率彼旷野。
哀我征夫，朝夕不暇！

有芃者狐，率彼幽草。
有栈之车，行彼周道。

——《小雅·都人士之什·何草不黄》

注释

将　　　行走。

经营　　往来奔走。

玄　　　黑中泛红，与"黄"义同，草干枯的样子。

矜　　　可怜。一说，字为"鳏"，老而无妻。

匪民　　非人，这里指遭受非人的待遇，不被当作人看待。

匪兕匪虎，率彼旷野　我们不是野兽，却奔波于旷野。兕，野牛，其皮坚厚，可做铠甲。率，行。

有芃　　草木茂盛的样子。指狐毛蓬松丛杂。

栈　　　有篷的车。

　　《诗经》里，有不少描写征人的诗——这是免不了的。那个年代，诸侯分立，四方蛮夷又经常来犯，战争几乎从未停息过，总是此起彼伏。征人出征，便成常态化了。有的一去无往还，客死他乡，埋骨荒野；有的去时杨柳依依，归时雨雪霏霏；有的出征前还是少年，回来时已白发苍苍。多少伤悲苦痛，无法言说。可尽管悲苦，他们却有所寄托，有所慰藉，无论何时，总有个故土在，故土上也总有人在等。纵使他们的身体回不去，他们的灵魂，总可以回归的。

　　不像《何草不黄》里的这个征人。

　　他辗转征战多久了？不知。时间在他这里，就是个巨大的无底的洞。他无日无夜不陷在无边无际的奔波中，如慌乱疲累的兽。

　　时间老了，他也老了。他仍走在奔波四方的路上，心里却无所寄托，故乡望不得。因为没有人可望了。他没有妻子，爹娘也早在贫病交加中死了。

像他这样的人，很多。"何人不将。""何人不矜？"那个年代，是个男的都被拉出来打仗了，一打就是数年。他们哪里有时间娶妻生子？"矜"是"鳏"的意思，指男人老而无妻。导致男人如此悲剧的根源在哪里？是可恶的统治者发动的可恶的战争啊！

统治者们却在他们这些征夫的血泪和苦痛之上狂欢，根本不拿他们当人看待。看看他们的天子姬宫湦（shēng），这个史称周幽王的家伙，整日里除了酒色，还是酒色，绫罗绸缎，酒池肉林，后宫的美女多得都塞不下了，还不断到民间掳掠。他弃祖宗的礼法制度如敝屣（xǐ），残暴成性，滥杀忠臣良将，宠信奸臣，致使政局一片混乱，烽烟四起。

这不公平。

这个征夫显然意识到这点了，他忍不住诘问：

何草不黄，何草不玄。

青草尚有荣有枯，没有一棵草会逃脱枯黄腐烂的命运。那么，这个腐朽堕落的王朝，迟早也会灭亡掉的。

哀我征夫，独为匪民！

——我们这些征夫，不是生来就是贱种。

他觉醒了！虽然这个觉醒还处在挣扎和迷茫的阶段，但他已然认识到，他，以及他们这一群不幸的征人，也应该活得像个人，应该拥有自己的尊严和幸福：

> 匪兕匪虎，率彼旷野。
> 哀我征夫，朝夕不暇！

——我们不是野牛，不是老虎，不该奔波在这荒野之中。我们应该有室有家，生活安定和乐。可叹我们这些征夫，却日日夜夜要被人驱赶着，连喘口气的空闲也没有。

战乱还在持续，他们不得不继续走在奔波的路上，像那毛发乱蓬蓬的狐狸，被人追逐着钻入幽深的荒草堆中。役车咕噜咕噜地响着，行驶在大道上，载着他们这群征人，向着更迷茫的远方而去。他的积怨，他们的积怨，渐渐载道。当他们的怨声鼎沸到一定程度，一个王朝离覆灭也就不远了。民众的觉醒，永远是时代进步的催化剂。

公元前771年，被废黜的王后申后的父亲申侯，联合缯（zēng）国、西夷犬戎攻打周幽王。周幽王在骊山下被杀，西周灭亡。

《诗经名物图解·兕》

采绿

终朝采绿，不盈一匊。
予发曲局，薄言归沐。

终朝采蓝，不盈一襜。
五日为期，六日不詹。

之子于狩，言韔其弓。
之子于钓，言纶之绳。

其钓维何？维鲂及鱮。
维鲂及鱮，薄言观者。

——《小雅·都人士之什·采绿》

注释

终朝	整个早晨。一说终日。
绿	菉。草名，又有鸱脚莎、荩草、黄草等名。一年生草本，叶细似竹，汁可以染黄。
匊	通"掬"，两手相捧。
曲局	卷曲，指头发卷曲蓬乱。
薄言	语助词。"薄"字有急忙之意。
归沐	回家洗头发。沐，洗头发。
蓝	草名，又名蓼蓝、小蓝等，有数种，可作染青蓝色的染料。
襜	围裙，又叫"护裙"。田间采集时可用以兜物。
五日为期，六日不詹	相约五日为期返家，结果第六天了还不回来。詹，至，来到。
之子	指丈夫。
狩	打猎。
韔	弓袋，此处作动词用，是说将弓装入弓袋。
钓	钓鱼。
纶	丝线。此处作动词用，指将钓鱼用的丝线缠起来。
维何	是何。维，是。
鲂	鳊鱼。
鱮	鲢鱼。
观者	观诸。者为"诸"字之省借。《郑笺》："观，多也。此美其君子之有技艺也。"此指钓的鱼众多。

这是个很讨人喜的小娘子。

她生于乡野，健康、勤劳、活泼，生动有趣，欢欢实实。

所嫁之人的门户跟她差不多，一个普通汉子，以狩猎和打鱼为业，也朴实也敦厚。她一心一意深爱着他。

她用心经营着他们的小日子，做着贤内助。操持家务她是一把好手，纺纱织布也不在话下。女人们精通的女红，她大概无一不精通。

比如，织染衣裳。

染布的原料哪里来？到大自然中去采呀。于是有了采绿、采蓝。这是《诗经》时代的可爱，一切源于自然，一切又都归于自然。

她采来荩草，染出黄色的布来。她采来蓼蓝，染出青蓝色的布来。

蓝

《诗经名物图解·蓝》

我想到蓝印花布了。

到江南的一些古镇去，有时还会碰到一些染布的古作坊，织染着从前的蓝。人们把采来的蓝草，一篮一篮，浸泡在大缸之中。隔天，再加以石灰搅拌。几天之后，撇去上面清水，得半缸蓝胶，就是上等的染料。看着人们把染好的布料，晾在太阳底下晒，是件赏心悦目的事。那一匹匹蓝，在蓝天下飘拂着，有着远古旷野的浩荡、朴素和寂静。

我还想到响云纱了。我去广州顺德有事，当地朋友带我参观他们的传统手工业作坊，那里只从事一项事业——织染响云纱。响云纱有个好听的名字，香云纱。当地人叫它薯莨纱。它是用当地特有的植物——薯莨的汁液浸染而成。人穿着这种布制成的衣裳，走路时会发出沙沙的响声。我看到人们把一块块刚刚染成的响云纱，摊在场地上晒。大太阳下，那一片片绛红的明媚，像是从土地里长出来的，看得人眼睛湿润。

人类追寻美的脚步，从未停止过。这是人类的可敬和可爱。

回头再看这个小娘子。这天，一大清早的，她就系上围裙，出门采绿采蓝来了。夫君的衣裳穿旧了，她想着要染匹新的布，给他重新缝制一套。她总是把他拾掇得很整洁，她是个爱整洁爱美的小妇人。然而，她忙忙碌碌地采了一个早晨，采到手的荩草却不盈一握，采到手的蓼蓝也没装满围裙。是地里的荩草和蓼蓝稀少吗？非也。为织染衣裳，这些染料植物都是专门辟了地种植的。她是无心采摘啊！

她心猿意马得厉害。一会儿想到自己早晨起来还没梳洗，"予发曲局"——头发乱蓬蓬的，像个什么样！这怎么行呢？如果我的夫君这个时候回来，看见我这个样子，那我还不得羞愧死了？不行，我得赶紧回家梳洗干净。

一会儿她又想到出远门的夫君。不由得嘟起小嘴，埋怨起来：

　　　　五日为期，六日不詹。

行前，他跟她约好归期，多则五日，迟则六日，肯定就回返。可不知什么缘故给耽搁了，他失约了，没能按时归来。她做什么事都心不在焉了，不住地碎碎念：你明明说好五天就回来的，可今天都第六天了，还不见你的人影嘛。

这埋怨，带着一点点娇嗔的甜蜜。就好像你认识的张家娘子李家娘子，她们有一张圆圆的通红的脸蛋，有着藕段一样的胳膊，走起路来，像头活泼的小鹿。她们和自己的男人夫唱妇随，把属于她们的小日子过得扎扎实实。

这个小娘子的埋怨并不当真，她知道他迟早都会回来的。以往在一起的生活，让她有足够的信心相信这点：

　　　　之子于狩，言韔其弓。
　　　　之子于钓，言纶之绳。

他要去狩猎，她就为他把弓箭装进弓箭袋。他要去钓鱼，她就为他整理好钓鱼线。他早已习惯了她为他准备好这些,总是高高兴兴地出门去。

他每次出行都有收获。有一次,他钓上来好多条大鱼。她明知那是些什么鱼,还是兴高采烈地跳过去,惊喜地问:

其钓维何?

——你钓上来的是些什么鱼呀?

他冲她笑了,很温和很有耐心地告诉她:

维鲂及鱮。

《诗经名物图解·鲂》　　　　　　《诗经名物图解·鱮》

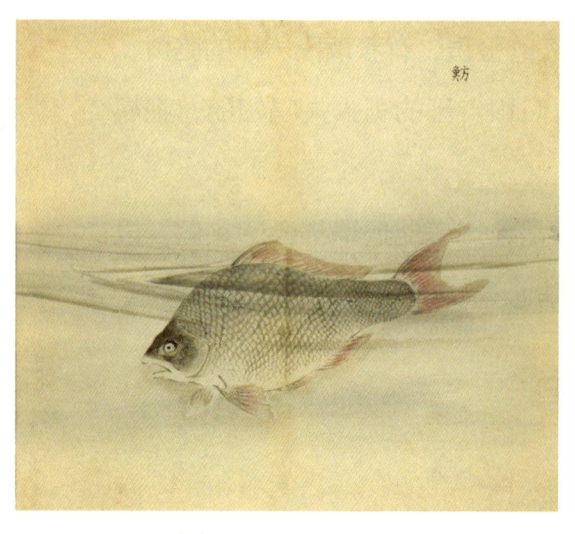

——是鳊鱼和鲢鱼啊。

她欢呼雀跃地为他喝彩：

> 维鲂及鲡，薄言观者。

——哎呀，原来是鳊鱼和鲢鱼啊。你竟钓了这么多，你真了不起！

炊烟很快袅袅升起。不久，鱼汤鲜美的味道，就在他们的小屋内外萦绕着了。

她是一个聪明的、善于经营婚姻的女人。她懂得，夫妻间多些"废话"，两个人会靠得更近一些，婚姻会变得更牢固。这些"废话"她张口即来，比如，你钓上来的是什么鱼呀？比如，你打到的是什么猎物呀？比如，今天路上你都遇到什么人了呀……他们早已不说情话，可在日常琐碎的一问一答中，却蕴藏着无限情意，那里面有包容，有爱惜，有欣赏，有疼爱，和乐与共。

现在，她早已准备好了若干的"废话"，等着他归来，好跟他说吧？他们不是神仙眷侣，只是俗世中一对平凡的夫妇，却更懂得爱和幸福的真意，让两颗心，稳稳妥妥地，在烟火凡尘里落地生根。

四月

sì yuè wéi xià　　liù yuè cú shǔ
四月维夏，六月徂暑。
xiān zǔ fěi rén　　hú nìng rěn yú
先祖匪人，胡宁忍予？

qiū rì qī qī　　bǎi huì jù féi
秋日凄凄，百卉具腓。
luàn lí mò yǐ　　yuán qí shì guī
乱离瘼矣，爰其适归？

dōng rì liè liè　　piāo fēng bō bō
冬日烈烈，飘风发发。
mín mò bù gǔ　　wǒ dú hé hài
民莫不穀，我独何害？

shān yǒu jiā huì　　hóu lì hóu méi
山有嘉卉，侯栗侯梅。
fèi wéi cán zéi　　mò zhī qí yóu
废为残贼，莫知其尤！

xiàng bǐ quán shuǐ　　zài qīng zài zhuó
相彼泉水，载清载浊。

我日构祸，曷云能穀？

滔滔江汉，南国之纪。
尽瘁以仕，宁莫我有？

匪鹑匪鸢，翰飞戾天。
匪鳣匪鲔，潜逃于渊。

山有蕨薇，隰有杞桋。
君子作歌，维以告哀。

——《小雅·小旻之什·四月》

注释

维夏	属于夏季。
徂	开始。六月为夏季最后的一个月，暑热达于极盛，所以曰"徂"。一说指盛夏将去。
先祖	先人，祖先。
匪人	不是外人。王夫之《稗疏》："其云'匪人'者，犹非他人也。"

胡宁	为什么。
忍予	对我忍心。
凄凄	秋气寒凉貌。
腓	指草木枯萎。
乱离	离乱。指被迫离家。
瘼	病，重病。一说，散，离散。
爰其适归	哪里是归处。适，往。
烈烈	通"冽冽"，寒气凛冽状。
发发	狂风呼啸之声。
穀	善，好。
嘉卉	好的草木。嘉，好，善。
侯	维。结构助词。
废	被打成，被当作。
残贼	罪犯。
尤	过错。言树为人所残害，不知犯了什么罪。此章，《郑笺》："山有美善之草，生于梅栗之下，人取其实，蹂践而害之，令不得蕃茂。喻上多赋敛，富人财尽，而弱民与受困穷。"
相	看。
载	又。
我日构祸，曷云能穀	我天天遭遇祸患，何时才能过上好日子？构，遭遇。曷，向。
滔滔	大水貌。
江汉	长江、汉水。
南国	指南方各条河流。
纪	纪纲。指南方各条河流都流向江汉，受江汉的制约。王先谦《诗三家义集疏》："诗人行役至江汉合流之地，即水兴怀，言江汉为南国之纲纪，王朝反不能为天下之纲纪也。"
尽瘁	尽力，不避病苦。
仕	事，指在王朝供职。

宁莫我有	指为何对我没有一点情谊。有，通"友"，亲善。
匪	彼。
鹑	雕。
鸢	苍鹰。
翰飞	振翅高飞。
戾	至。
鳣	大鲤鱼。
鲔	鲟鱼。
蕨薇	两种可食的野菜。
杞	枸杞。
栜	赤楝（sù）。丛生山中。
君子	作者自称。
告哀	诉说自己的悲哀。

《诗经名物图解·杞》

这是艳阳高照的一天。

人间四月芳菲尽。郁郁葱葱的新绿，早已悄无声息地替代了凋零，万物重新开启了新的征程。山路上踽（jǔ）踽而来的一个人，却结满凋零的愁怨。

他怎么能不怨呢？本是处在高堂之上，享受尊贵的一个人，有清风有明月，有抱负有雄心。可因为得罪了小人，他被驱逐去远方。四月的凋零，就是他的凋零，满眼的新绿也遮挡不住。

一路行来，他只能与孤独寂寞为伴，风吹雨打，他迅速枯萎。

眼看着六月酷暑到来，这个人却不得不顶着炎炎的烈日，继续奔波在被放逐的路上，风餐露宿，尝尽人间苦头。他忍不住自怨自艾：

先祖匪人，胡宁忍予？

——我那高贵无比荣光无比的先祖啊，您不是外人啊，您怎么忍心让我受此痛苦，而不予以照拂？

先祖没有回应，空山寂静。

翻过了一山，还有一山。蹚过了一水，还有一水。前路漫漫，道阻且长。他从夏，走到秋，眼中所见景象，一日比一日萧索，百卉俱零，怎一个凄凄惨惨戚戚了得。他的心，更加漂泊无依。

身受不公正对待却无处申诉，世界如此广阔，却无一处容他之地。世人皆昏他独醒，这才真叫人难耐。

风一日寒似一日，跟刮刀子似的。冬天无可抗拒地来了，他还走在路上。

这日，天将黑尽，他临时找了个路边的山洞歇息。洞外，呼啸的西北风不停地怒吼着，好像有千万头野兽在发威。他抱紧自己的身体，吊着胸膛里的一口气，努力给自己取暖。想到往年这个时候，室内炉火温暖，炉上温着酒，他拥炉而坐，何等惬意！现如今，他却遭受这非人的待遇，偏偏他人都过得很好，老天真是不公啊。

往日所经之事，在他的脑海中翻江倒海：

山有嘉卉，侯栗侯梅。
废为残贼，莫知其尤！

相彼泉水，载清载浊。
我日构祸，曷云能榖？

滔滔江汉，南国之纪。
尽瘁以仕，宁莫我有？

——看那山上的美善之草，原本好好地长在栗子树和梅树底

别院清和六辔停琴
斋溥潋静因宁静
春花色丁星紫过雨
山容绿纱书乳窦玉
深磬倚壮绣茵绿
纺气猫馨塔前双
梧解人衾送云彭
阴翠满庭
初夏赴玉泉山清
音斋小憩作

《十二禁御图之中吕清和图》 [清] 沈源

下的，可贪婪的人类为了得栗、梅之果，肆意践踏它们，让它们受到巨大的伤害。不知它们到底犯了什么大罪！

再看那潺潺流淌的泉水，时清时浊。泉水尚有清明的时候，我日日遭受祸患，何时才能获得清明安宁！

滔滔奔流的江水、汉水，是南国百川的纲纪。我这么一个尽职尽忠的人，为何得不到善待！

回答他的，除了呼啸而来的风，还是呼啸而来的风。

这个时候，他多想化作高空中飞翔的苍雕或是老鹰，远遁这红尘。他又多想化身鲤鱼或是鲟鱼，潜入那深渊底下去。蕨菜和野豌豆长在山坡上，枸杞和赤楝在低洼的湿地里生长，芸芸众生各得其位，唯有他，一个大活人，在这偌大的世界里，没有他安身立命的位置。他仰天长啸，悲不能抑，只能作这么一首《四月》的诗，聊以宽慰心中的忧伤。

真得感谢文字，把他的忧伤和悲痛保存下来，使他的心声，获得后世更多的共鸣。

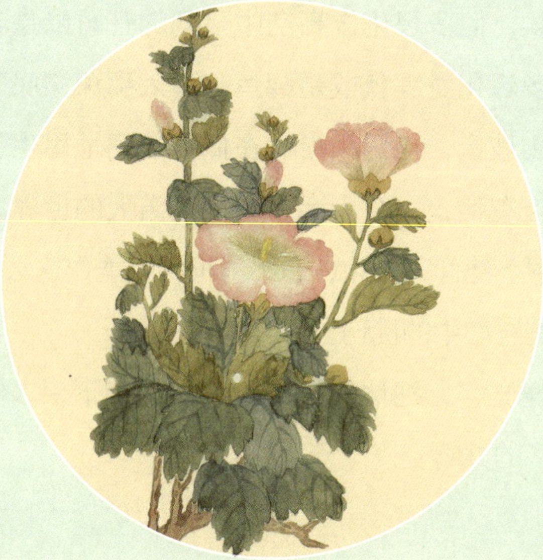

第二辑 蒹葭苍苍

上古与现代,
前世与今生,
哪里有分水岭?
昔日的时光,
也是今时的,
你是我,
我也是你。

蒹葭蒼蒼

傳蒹薕也集傳蒹似萑而細高數尺又謂之薕

《毛诗品物图考·蒹葭苍苍》

蒹葭苍苍

jiān jiā cāng cāng，bái lù wéi shuāng
蒹葭苍苍，白露为霜。
suǒ wèi yī rén，zài shuǐ yì fāng
所谓伊人，在水一方。
sù huí cóng zhī，dào zǔ qiě cháng
溯洄从之，道阻且长。
sù yóu cóng zhī，wǎn zài shuǐ zhōngyāng
溯游从之，宛在水中央。

jiān jiā qī qī，bái lù wèi xī
蒹葭萋萋，白露未晞。
suǒ wèi yī rén，zài shuǐ zhī méi
所谓伊人，在水之湄。
sù huí cóng zhī，dào zǔ qiě jī
溯洄从之，道阻且跻。
sù yóu cóng zhī，wǎn zài shuǐ zhōng chí
溯游从之，宛在水中坻。

jiān jiā cǎi cǎi，bái lù wèi yǐ
蒹葭采采，白露未已。
suǒ wèi yī rén，zài shuǐ zhī sì
所谓伊人，在水之涘。

$$\text{sù huí cóng zhī, dào zǔ qiě yòu}$$
溯洄从之，道阻且右。
$$\text{sù yóu cóng zhī, wǎn zài shuǐ zhōng zhǐ}$$
溯游从之，宛在水中沚。

——《国风·秦风·蒹葭》

注释

蒹葭	芦苇。
苍苍	茂盛的样子。
为	凝结成。
伊人	那人，指所爱的人。
在水一方	在水的另一边，指对岸。
溯洄从之	逆流而上去追寻。溯洄，逆流而上。洄，逆流。从，跟随，追寻。之，代"伊人"。
阻	艰险。
溯游	顺流而下。
宛在水中央	好像在水的中央，意思是相距不远却无法接近。
萋萋	茂盛的样子。
晞	干。
湄	岸边，水和草相接的地方。
跻	（路）高而陡。
坻	水中的小洲或高地。
采采	茂盛鲜明的样子。
未已	没有完，这里指还没有干。
涘	水边。
右	向右迂曲。
沚	水中的小块陆地。

美。凄美。绝美。在水一方，在水一方。

色彩只有淡墨与月白，就勾勒出一个如烟似雾、如梦似幻的场景。人站在它跟前，身体忽然变轻了，像一缕丝，又如一粒絮，飘飘忽忽、不由自主地，飞进《蒹葭》中的这片芦荻丛中。上古与现代，前世与今生，哪里有分水岭？昔日的时光，也是今时的，你是我，我也是你。人类从来都活得不轻松，尘世有羁绊累身，有困顿劳心，可这一刻，都抛却了，且好好地做一个美美的梦吧。

《毛诗序》里说它是讽刺秦襄公的。说秦处周之旧土，被周礼教化日久，周礼已深入人心了，此公上台，却废了周礼，导致贤才缺少，社会秩序混乱，时人哀叹而作诗记之。这一说法未免太牵强了，它有些亵渎了这清绝无尘的美好画面。普通民众，更关注的是当下的一己生存，能不能吃好睡好，能不能挣出一条光明大道，活得丰盈一些、轻松一些。现实世界却往往给人狠命的打击，让你四处碰壁，连过上最普通的生活的愿望都成奢求。这不，这儿的这个年轻人就是这样的倒霉鬼，他家境不好工作不顺不说，老大不小了，连个老婆也没讨着。屡受打击的他，偶尔躲在一隅，做一个小小的美梦——风清月白，芦荻含霜，有美一人，在水一方，有何不可？

在梦中，他也徘徊，他也凄迷，可终究是有希望的。尽管，他追寻的理想人生还是遥不可及，可到底还是能隐隐看得见的。他借助于一丛蒹葭、一湾流水，一唱三叹的，吟哦出一支爱的幻想曲，余音袅袅，几千年不衰，实在是很了不起。

他是谁？是贵族，还是平民？是来自宫廷，还是出自民间？我更倾向于出自民间。

民间生长出的艺术，有时才真叫人吃一惊的，那种纯天然的，不事雕凿的美，如同一块上好的璞玉，谁捡到是谁的福气。

小的时候，我们村子里有个叫张二的人，他一天学也没上过，可他会编顺口溜，出口成章。还会画画，没事就撅根柴棍在地上画，画的全是身边事物，羊啊狗啊鸡啊，画什么像什么。人家砌了灶台，请他去画。他画红鲤鱼戏荷花，三笔两画，一条红鲤鱼跃出水面，摇头摆尾，仿佛就要跳出来。人家建了新房，乔迁时，为讨个好口彩，往往都要请了他去。他一开口，准是万花盛开丰饶壮丽，好像他的肚子里装满了美好的话。围观的人，没有一个不听得如痴如醉的。现在想来，张二实在是个很有才的人，他在我们那块土地上发着光，那块土地上的人，因了一个张二的存在，都是有福的。

民间亦处处种植着诗歌。我有次回老家，我妈不在家，我去地里找她。其时，天近黄昏，我妈正在地里挑荠菜。她看到我挺意外挺高兴的，抬头看一眼西边天，笑笑地说："哦，我都没注意，天这么晚了，太阳都产卵了，我们回去吧。"说完，收拾好东西，招呼我回家。

我愣在那里。我实在被她的一句"太阳都产卵了"惊住了，这怕是再伟大的诗人都不能够想出来的金句。它却轻飘飘的，从我那大字不识一个的母亲的嘴里，溜了出来。黄昏时分，夕阳一点一点化了，可不是像在产卵吗！而夜晚的那些星星，都是太阳产的卵孕育出来的啊。

吟出这首《蒹葭》的人，说不定就如我的母亲一样，也是个大字不识一个的人。生于偏僻之地，大自然是他最好的老师，早已在他心中种下了月亮、河流、植物……让他成了一个诗意的存在而不自知。

他还年轻，对人生对未来，还有着许多迷惘。可他正因为年轻，也生机勃勃着，精神世界尤其丰饶。在某个秋天，抑或是某个初冬，月亮皎好的晚上，他被诸多烦事困扰，睡不着觉，便披衣出了门，去月下走走。走着走着，就走到一条河畔。河畔芦荻拂拂，夜露凝结成薄薄的霜敷在其上，经月色涂抹，每枝芦荻都银光闪闪。河流曲曲弯弯，流向远方去了。月色笼罩之下，河上腾起轻烟，白茫茫一片。河中央的小岛屿，影影绰绰着，如同美妙的人影。周遭静谧，偶有寒虫轻鸣一两声，越发添了一层静谧。年轻人恍惚了，他不知自己置身何处，眼前出现虚幻之影，那是一个美丽的姑娘，她素衣飘飘，一会儿出现在水中央，一会儿又飘到河的另一边去了。她朝着年轻人张望，苍苍的芦荻，在她身后拂着。年轻人忍不住向她跑过去。他走，她也走，她永远跟他隔着一水的距离：

蒹葭苍苍，白露为霜。
所谓伊人，在水一方。

> 蒹葭萋萋，白露未晞。
> 所谓伊人，在水之湄。
>
> 蒹葭采采，白露未已。
> 所谓伊人，在水之涘。

年轻人心里清楚着，眼前的景象，很虚幻，只是一个梦。可这会儿他还不想醒来，他继续与"美丽的姑娘"隔着一水的距离，他追着，她跑着。他追得很辛苦：

> 溯洄从之，道阻且长。
> 溯洄从之，道阻且跻。
> 溯洄从之，道阻且右。

山重水复，他很难追上她的步伐。可他并不在乎，她永远站在他的精神至高点上，让他的美梦有了投递之处。他需要的，就是这样一种精神安慰。只要意志不倒，那现实世界就不能把他打垮。

谁不曾年轻过？谁不曾向往过在水一方的"伊人"呢？因为有过幻想，年轻时才少了些缺憾吧。后来，他一定也在现实里娶了妻，一个粗眉大眼的姑娘，勤劳朴素，与他也许谈不上举案齐眉，却能把人世间最凡俗的烟火日子，打理得红红火火。偶尔的空暇里，他还是会想起在水一方的"伊人"吧，俗世的烟火，对他来说，也才有了不一样的味道了。他会格外珍惜。

唐代的白居易，不知是不是受了这个年轻人的影响，写下了一首谜一样的《花非花》：

> 花非花，雾非雾，
> 夜半来，天明去。
> 来如春梦几多时？
> 去似朝云无觅处。

再后世的无数文人学者，想破脑袋，想一窥白居易这首《花非花》中，到底所指是谁。种种猜测，种种解读，无一能自圆其说。它成了一个没有谜底的谜。

或许，这才是最好的答案。他只是诗人偶尔出现的一种心绪罢了，是一时的触情伤情。他所指向的，是一个不存在的美好意象。因有了那意象，人世间的很多辛苦，都得到慰藉。

喓喓草虫

yāo yāo cǎo chóng　　tì tì fù zhōng
喓喓草虫，趯趯阜螽。
wèi jiàn jūn zǐ　　yōu xīn chōng chōng
未见君子，忧心忡忡。
yì jì jiàn zhǐ　　yì jì gòu zhǐ　　wǒ xīn zé xiáng
亦既见止，亦既觏止，我心则降。

zhì bǐ nán shān　　yán cǎi qí jué
陟彼南山，言采其蕨。
wèi jiàn jūn zǐ　　yōu xīn chuò chuò
未见君子，忧心惙惙。
yì jì jiàn zhǐ　　yì jì gòu zhǐ　　wǒ xīn zé yuè
亦既见止，亦既觏止，我心则说。

zhì bǐ nán shān　　yán cǎi qí wēi
陟彼南山，言采其薇。
wèi jiàn jūn zǐ　　wǒ xīn shāng bēi
未见君子，我心伤悲。
yì jì jiàn zhǐ　　yì jì gòu zhǐ　　wǒ xīn zé yí
亦既见止，亦既觏止，我心则夷。

——《国风·召南·草虫》

注释

喓喓	虫鸣声。
草虫	蝈蝈。此处当泛指草中有翅类能鸣叫的昆虫。
趯趯	跳跃的样子。
阜螽	即蚱蜢,蝗类昆虫,其种类很多,大小体色也不相同。
忡忡	心神不安的样子。
亦既	就要。
止	语尾助词,即"了"意。
觏	见面,会合。
降	内心平静下来。
陟	登,升。
蕨	山中野菜,初生时似鳖脚,故又称鳖菜,嫩茎可食。
惙惙	忧愁不绝、心慌不安的样子。
说	同"悦",欢悦。

　　读这首《草虫》时,更深人静,我的窗外秋正浓着,草木染色,虫鸣声零落如雨,一种强烈的孤独感突然袭上心头,我终体会到"虫鸣山更幽"里的那种切骨之"幽"。又忽而想到中年的王维,一个人在秋日的深夜里独坐。其时,他的窗外下着雨,不时有山果"啪"的一声掉落,伴着一两声草虫的鸣叫,使得雨夜更显寂静。他回望来时路,犹记得少年时的意气风发,多少人事已成空。堂上鼓敲二更,他怅怅良久,心情郁结,挥笔写下:"雨中山果落,灯下草虫鸣。"山果的掉落,草虫的鸣叫,这响声里的巨大寂静

和孤独,才真是要人命。如果这时候,门扉能被谁叩响,拉开门,能看见一张亲切的笑脸,他将多么惊喜啊。

　　这里也有类似的一个秋夜,比他的寂寞要深得多,也要早得多。那会儿,外面有没有下雨不可知,但更深露重是肯定的,天上的星星都打起了瞌睡,一个女人却没有睡。不是她不犯困,而是她怀着满腹的心事睡不着。她守着孤灯,尖着耳朵,周遭细微的声响,都能在她心里激起万丈波澜。无边无际的孤寂,比黑夜更深。女人紧抱着自己,跟孤寂对峙着:

　　喓喓草虫,趯趯阜螽。
　　未见君子,忧心忡忡。

　　——蝈蝈儿在草丛中"喓喓"叫得欢,小蝗虫在灯下四

《诗经名物图解·草虫》

《诗经名物图解·阜螽》

下里蹦跶，它们真是聒噪得很哪，它们哪里知道我的心思。我的夫君外出已好长时日了，我白天夜里都在思念着他，思念得食不知味夜不能寐。见不到他的人，我忧心忡忡，我真害怕他会忘掉我，另结新欢。又害怕他出什么意外。

有山果落下来，草虫仍在鸣叫。女人深深叹一口气，要是此刻他能回来该多好啊。夜，幽深不见底，女人迷迷糊糊的，陷入梦境中：

亦既见止，亦既觏止，我心则降。

眼前春光乍现，女人发现自己站在城外的一棵桃树底下。远远的，望见他骑着马向她飞奔而来，身上披着光。她太欢喜了，惊叫着飞跑过去。他跃身下马，张开双臂拥抱了她。她所有的忧愁和担心，一下子全都飞到九霄云外去了。春光多明媚呀，桃花开得多好啊，他在，整个世界就在。

梦醒，颊边湿湿的，是泪。夜还沉在夜里头。山果仍在掉落，草虫仍在鸣叫，天离大亮还早着呢。

日子在女人无尽的思念和忧愁中绵延着。秋天熬过去了，冬天熬过去了，真正的春天到了，女人的夫君还是杳无音信。邻里已是议论纷纷，说什么的都有，女人仿佛是被抛弃了。可再难的日子也要继续下去，这是活着的要义。女人没有止于悲伤，她还要活下去。南山上的蕨菜、野豌豆冒出青嫩的苗儿了，大家都去采摘，女人也提了篮子，出门去采。

满眼的春光招摇，衬得女人的心底更是悲凉。她避开欢乐的人群，低头采蕨菜，采完蕨菜采野豌豆。采着采着，她会突然停下来，发上一会儿呆。抬头眺望远方，望不到她的夫君回转，她的一颗心又掉进冰窟窿里。忧愁交织着焦虑，让她神思恍惚：

亦既见止，亦既觏止，我心则说。
亦既见止，亦既觏止，我心则夷。

她一遍遍低声自语：亲爱的人，等我真的见到你，等我能够触摸到你，我就开心了——她所有的欢乐和幸福，均系在他身上。他是她的天、她的地，是她活下来最大的盼头。

思念从来都是深入骨髓的。无力抗拒，那就一任它泛滥。有情总比无情好，世界因为这样的深情，而多出些温度，多出些缠绵。

葛生

葛生蒙楚,蔹蔓于野。
予美亡此,谁与独处。

葛生蒙棘,蔹蔓于域。
予美亡此,谁与独息。

角枕粲兮,锦衾烂兮。
予美亡此,谁与独旦。

夏之日,冬之夜。
百岁之后,归于其居。

dōng zhī yè　　xià zhī rì
冬之夜，夏之日。
bǎi suì zhī hòu　　guī yú qí shì
百岁之后，归于其室。

——《国风·唐风·葛生》

注释

葛生蒙楚	葛藤爬满荆树上。葛生，葛藤生出。蒙，覆盖。楚，荆条。
蔹	一种蔓生植物，白蔹或乌蔹，喜欢生长在田野岩石的边缘。
蔓	蔓延。
予美	我的爱人。
亡此	死于此处。指死后埋在这里。
谁与	谁和他在一起。指丈夫独眠地下。
独处	独自居住。
域	指墓地。
角枕	方形枕头，有八角，所以称角枕。
粲	华美鲜明的样子。
锦衾	织锦做的被子。
烂	光彩貌。
独旦	一个人独自到天亮。
其居	死者坟墓。下文"其室"意同。

我爸终入土为安了。

一个月前，他因病发作，突然离世。按吾乡风俗，下葬得看日子，不能随随便便就破土的。于是我弟请了阴阳先生来看，定下日子。

《唐风图·葛生》 [南宋] 马和之

在此之前，我爸的棺椁一直摆在老家堂屋里，我看见，老觉不安，似乎我爸被悬在空中，得不到安宁。当系棺椁的绳索，从一个大坑里抽出来，当一抔一抔的黄土填满大坑，我爸终于安睡在泥土里了。他会像一棵植物似的，待来年的春风吹上一吹，便会从土里钻出来吧？长几片叶子，开一朵小花。这么一想，我没有悲伤。

我妈却不这么想。自从我爸走后，她时不时地要掉眼泪。她看着我爸下葬，悲痛难抑，她说，这下子，我再也看不到你爸了。我劝解她，人总有这么一天的，你们终有再见面的时候。我爸走了，对他而言，也是解脱，他再也不用忍受病痛之苦，说不定现在已经到了天堂，正享受着幸福生活呢。

我妈愣愣地点点头，认为我说得有道理。但过后，她又陷入失去我爸的痛苦中。你爸一个人在那边啊，那地下多冷啊，她泪流不止。我一时语塞，全身无力。都说少年夫妻老来伴，失去伴了，从此天地间，她只是一只孤雁。以后的夏之日，冬之夜；冬之夜，夏之日，她"望庐思其人，入室想所历"，时光漫长，每一滴都是孑然的疼痛。那切肤的感觉，旁的人，哪怕是亲近之人，又能体察几分？

人类从来如此，走到最后，难免走成孤独。人生而孤独，这是注定的命运吧。正如几千年前《葛生》里的这个妇人，她也曾眼中有光，日子里有琴瑟相合。可是，她的至爱没能陪她走到最后，她成了一只孤雁。抵不住思念的痛，她跑去他的坟头哀鸣：

葛生蒙楚，蔹蔓于野。
予美亡此，谁与独处。

葛生蒙棘，蔹蔓于域。
予美亡此，谁与独息。

角枕粲兮，锦衾烂兮。
予美亡此，谁与独旦。

"荏苒（rěn rǎn）冬春谢，寒暑忽流易"，妇人再次来到这坟地，是又一年的事了。春已深，坟前的葛藤茂茂密密，缠绕在一丛丛黄荆和酸枣树上。坟上爬满了白蔹，坟头都看不到了。——此时坟地的景象，与周边世界的景象有着强烈的反差，这里荒草凄凄，悲凉清冷，那里春日迟迟，暖阳高照。冰与火的交织，把妇人的悲情推至高潮。诗中无泪无血，却每个字都是泪，都是血。"予美亡此，谁与？"她一遍一遍追问，向着凄凄的荒草问，向着路过的清风问，向着高远的天空问，我亲爱的人葬在这里，谁和他在一起？

她当然清楚着那个答案——没有谁和他一起，他只是一个人躺在这儿。她记得他下葬时，枕着鲜亮的角枕，盖着灿烂的锦被。如今，那角枕还鲜亮着吗？那锦被有没有破损？一想到他独自躺着，枕冷衾寒，她就疼得犹如万箭穿心。太可怜了，我亲爱的人

《诗经名物图解·蔹》

他只能"独处""独息""独旦"。她太想抱抱他，给他足够的温暖，陪他一起从黑暗到天亮。这个时候，她忘掉自己的孤单，反过来，心疼他的孤单。情感的强烈，是让人奋不顾身的。

我想起刚看到的一则新闻，一个老人每天清早带着干粮，爬上一座山去，在半山腰的坟地上，给死去的老伴读书，一读就是一整天。他老伴在生前最喜欢听他读书，老伴死了后，他把她的喜欢延续下来，坚持数年不变，风雨无阻。他以这种方式陪着她、爱着她，生死也不能将他们真正分开。

这世上，哪里有真正的消失和别离呢？相爱的人，总会以另一种方式继续爱着。相逢的人，终会再次相逢：

百岁之后，归于其居。
百岁之后，归于其室。

这里的妇人，心中燃着不灭的希望，她自己救赎了自己。度过漫漫的夏日，度过漫漫的冬夜，百年之后，亲爱的人，我终将抵达你，和你躺在一起，再也没有一刻的分离。

这样的结局，堪称完美。

我们最后都将拥抱完美。所以，生命没有遗憾。

有女同车

有女同车,颜如舜华。
将翱将翔,佩玉琼琚。
彼美孟姜,洵美且都。

有女同行,颜如舜英。
将翱将翔,佩玉将将。
彼美孟姜,德音不忘。

——《国风·郑风·有女同车》

注释

同车　同乘一车。

舜华　指木槿花。落叶灌木,花有玫瑰红、粉红、蓝色、蓝紫、白色数种,盛夏开花,十分美丽。

将翱将翔　似在飞翔。将,如,结构助词。翱、翔,形容女子步履翩跹。

琼琚　美玉。

孟姜	姜姓长女。
洵	确实。
都	娴雅，典雅。都的本意是都城，都城人装束入时，引申为时尚、雅致。
英	花朵。
将将	同"锵锵"，象声词，玉石相互碰击摩擦发出的声音。
德音	美好的品德、声誉。
不忘	令人难忘。一说，忘即"亡"，不亡即不无、永远。

不是刻意的相遇，绝对不是。

若是刻意的，就一点儿也不好玩儿了。也显得轻佻，失了真诚与坦率，令人生厌。

要的就是这样的偶然，完完全全的，一场偶遇。纯属意外的。

我们把这称为艳遇。

谁不曾期望在自己的生命里，有过一场艳遇呢！

据说现在的凤凰、丽江、西藏，是最容易发生艳遇的地方。大街上，一个不经意的回眸，也许就对上眼了。是男未娶，女未嫁，怦然心动、怦然心动哪！有的会有后续，历经辗转，终成眷属。有的没有了后续，他回他的故乡，她回她的城，完全是不相干的两个人了。可是，记忆的那一页，却永远是风清日朗的好模样。每每想起，嘴角边都要不自觉地漾起一抹微笑来。

有时，相守未必见得幸福，怀念才是永恒。

就像《有女同车》中的这场艳遇。

不得不说，《诗经》时代真是个好年代，那是个遍地艳遇的年代。桑树林中，水边河畔，山沟沟里，还有这马车上，随时随地，都有可能发生一场艳遇。那时候，一些清规戒律尚未出笼，人性也"野"，更接近原始的本真。男欢女爱，在当时的人们看来，是再自然不过的事情。就像春天来了，草会绿。秋天到了，果子会成熟。

我们还是来看看《有女同车》中这个艳福不浅的男人吧。

他乘车去往何方呢？又是去做什么的呢？是去游玩，还是要去参加祭祀？是去赶集，还是要去野外狩猎？那都不重要了。重要的是，他上车之后，意外地发现，有个漂亮的姑娘正端坐在马车里，她竟跟他同乘一辆车。他的心，怦怦跳了起来。

这本是很正常的一件事。那时人们出远门，依赖的交通工具除了马车，还是马车，总会遇到一个或几个同乘的人。他们有的会话搭话地聊上两句，有的不会，一路默默地坐到头，然后，各走各的路，陌生的还是陌生，很快便彻底遗忘。可是，这个姑娘不一样，这个姑娘太靓丽了。靓丽得像什么呢？男子的脑海里，不自觉地灵光一现，冒出大朵大朵的木槿花来。那是乡野里最常见的灌木，家家都植有一些，用来做篱笆墙，又随和，又亲切。花大而美，纯洁、绚丽，清新脱尘。

是的是的，这个姑娘太像木槿花了，既朴实可亲，又典雅高洁，把整辆马车辉映得明媚如春。男子忍不住打量了又打量，直直在心里叹：

>   颜如舜华。
>
>   颜如舜英。

——多美好的容颜啊，就跟开得好好的木槿花似的。他暗自庆幸着，这一趟出门真是值了！

他是不是跃跃欲试，想结一段缘呢？这心思肯定是有的。他试着跟姑娘攀谈，姑娘的应对礼貌而客气，这让男子对她的品行敬佩起来，心里越发喜欢她了。可在得知她是姜家的大姑娘后，男子打了退堂鼓。姜家是当时的大姓，可不是一般人家攀得上的。再看姑娘的气度，举止娴雅，落落大方，教养不凡，这让男子有了自卑感。

同行一路，他们再没说上几句话。这日的路途怎么那么短啊，马车行驶的速度怎么那么快啊，男子还没觉得过多少时间呢，目的地就到了。该下马车了，姑娘笑吟吟地跟他道别，他眼睁睁看着姑娘下了车，目送着姑娘渐行渐远，到底没有勇气开口对她说喜欢。姑娘离去的背影，却从此在他心里生了根，每每忆起，他都情难自禁：

>   将翱将翔，佩玉琼琚。
>
>   将翱将翔，佩玉将将。

她的体态看上去多么轻盈啊，就跟一只飞鸟似的。她一步步袅娜地向着远处走去，挂在她腰间的贵重佩玉，摇摇曳曳，发出悦耳的丁零声。大地碧青辽阔，她是开在上面的一朵木槿花，那一点红，一点艳，一点纯，一点真，成了他心口的朱砂痣。

他们再也不曾有过交集。

也幸好再不曾遇见。她留给他的样子，便永远是一朵木槿花开的样子，在枝头美好地开放，没有日常相处的磕磕绊绊，没有生活相迫的狼狈不堪，没有低到尘埃，没有凋零。在他跟人说起她的时候，她永远保持着当初的样子，美丽如初，德行美好：

彼美孟姜，德音不忘。

——那个姜家的大姑娘，美好的品德，真正叫人难以忘怀啊！

相见不如怀念。红尘陌路，因不曾再有交集，这才有了记忆里的不朽。

《诗经名物图解·舜》

有女如云

出其东门,有女如云。
虽则如云,匪我思存。
缟衣綦巾,聊乐我员。

出其闉闍,有女如荼。
虽则如荼,匪我思且。
缟衣茹藘,聊可与娱。

——《国风·郑风·出其东门》

注释

东门 郑国都城的东门及城关地带,是交通要道,市廛(chán)繁华。

如云 形容众多。

思存 思念,挂怀。

缟衣 白色衣服。缟,未染色的绢布。

綦 浅绿色。綦巾为女子所服,一说,未嫁女之服。

聊	姑且。
员	语助词。
阓阓	筑有高台的瓮城。
荼	茅草，菵草之类，秋天秆、穗皆呈白色。形容女子众多。
恩且	思念，向往。且，"徂"之假借，和"存"同义。一说语助词。
茹藘	茜草，其根可制作绛红色染料，此指绛红色衣巾。

郑国有传统节日——上巳节。这一天，郑国城乡的男女老少，倾巢而出，跑到都城的郊外踏青来了。他们在野地里采摘荠菜花戴在头上。他们伏到青青的小河边，捧上一捧捧清水洗濯，去除掉身上的污垢与霉气。《论语》中曰："暮春者，春服既成，冠者五六人，童子六七人，浴乎沂（yí），风乎舞雩（yú），咏而归。"说的就是上巳节的热闹与欢庆。

这风俗，渐渐演变成女儿节。这天，女孩子们一律盛装而出，头巾飘拂，姹紫嫣红一片，好似云霞落下来。男子们呢，则呼朋引伴，谈笑风生，张开双臂接捧春色。春色哪里盛得住？满眼的珠翠摇红，晃花了他们的眼。他们心猿意马了。他们把持不住了。只想纵情地爱呀，爱呀，疯狂地爱上那么一回。

这场景，让我想到一个词：春心荡漾。用在这群踏青的男子身上，再恰当不过了。他们一出东门，只见满眼的春光招摇，哪里还能保持一本正经？你看，那风吹得！你看，那荠菜花开得！你看，那青碧碧的水流得！你看，那草芽芽绿得！

这一切的一切，都远不及那些漂亮的姑娘更动人：

> 出其东门，有女如云。
> 出其闉阇，有女如荼。

真正是看花眼了！

天哪，这些漂亮姑娘都打哪儿冒出来的呀！她们宛如天上的云朵一样，纯洁而绚丽。又如洁白的茅花一般，摇曳而多姿。她们在绿草地上奔跑。她们在清水边嬉戏。她们采了大把的荠菜花戴在头上，别在衣襟上。她们银铃般的笑声，婉转清扬。

这怎不叫人心旌摇荡？她们摇荡得男子们的心再也跳不稳了，全都成了求偶的鸟，一颗爱的心，只管"扑""扑""扑"往外飞。他们对着心仪的姑娘频送秋波，唱起情歌，展开攻势。很快，就有姑娘掉进他们爱的"陷阱"里，芳心暗许，与他们互掷野花，传情示爱。

这时候，唯独一个青年没有参与到这群热闹中来。他独自站在人群外，远远看着，神情郁郁寡欢。一大清早，他就出了城门，早早来到这郊外候着。满世界的春色他视而不见，他不住地在人群中搜寻着，那么多漂亮姑娘从他眼前晃过，他却是失望的：

> 虽则如云，匪我思存。
> 虽则如荼，匪我思且。

——虽然这里有这么多的美女，多如天上的云朵，多如河滩上的茅花，可她们，都不是我要找的人啊。我的好姑娘，你怎么还没有来？

　　这真叫我们好奇，他要等的那一个，到底是怎样一个女神？这么多美女都入不了他的眼，那一位难不成是姑射山上的仙子？

　　谜底很快揭开，真叫人吃一惊呢：

缟衣綦巾，聊乐我员。
缟衣茹藘，聊可与娱。

　　原来，使他饱受思念之苦，让他为之辗转反侧的姑娘，爱穿一件白色的粗布衣衫，爱扎条浅绿色的头巾，围条绛红色的葛布裙。

　　我们是不是有点儿失望了？哦，他爱上的，不过一布衣素衫的村姑。可是，他就是对她倾心，别的姑娘再好，也入不了他的眼。只有和她在一起，他才会感到喜悦和快乐。

　　我认识一小伙子，小伙子帅气又多金，年过三十了，却迟迟没有女朋友。他的父母着急得不得了，到处拜托朋友帮他介绍对象。一个姑娘又一个姑娘被领到他跟前，有的长得很漂亮，有的家里很有钱，有的工作相当令人羡慕，但这个小伙子一个也看不上。不，应该这么说，他是一个也不想看，是根本没兴趣看。他的父母一度以为儿子大脑出了毛病，好好的一个人怎么不谈恋爱？正当他们一筹莫展时，小伙子突然宣布，他要结婚了。父母听闻，心头

《诗经名物图解·茹藘/莔》

的一块石头落了地，欢喜得眉开眼笑。然等见到儿子要结婚的对象时，他们怎么也兴奋不起来了。姑娘长得实在太一般了，工作也一般，家庭条件也一般，与他们的家庭实在不般配。他们坚决不同意，可小伙子就是铁了心，非这个姑娘不娶。姑娘的种种好处，岂是父母懂的？她博学多才，她活泼幽默，她善解人意……在小伙子眼中，姑娘就是美好的化身。这事儿僵持了足有大半年，最终是小伙子的父母让步了，不情不愿地承认了这个儿媳妇。婚后，知书识礼又上进的姑娘，慢慢赢得了小伙子父母的喜欢，他们全然不记得之前阻拦的事了，逢人便说，还是儿子的眼光好，挑到个好媳妇。

  宝玉说，任凭弱水三千，我只取一瓢饮。尽管大观园里的女儿那么多，各有各的漂亮，各有各的才情，可他就认定了林黛玉。是的，这世界，我只爱你一个。纵使你是多愁多病烦恼身，纵使你爱耍小性子，你在我眼里，也是举世无双，无可替代。这是爱情的唯一。正如《出其东门》里的这个男子，面对美女如云，也没有让他迷失，他执着于心中所念，执着于他的唯一，这才有了爱情的百转千回，也才让爱情更像爱情。

月 出

月出皎兮，佼人僚兮。
舒窈纠兮，劳心悄兮。

月出皓兮，佼人懰兮。
舒忧受兮，劳心慅兮。

月出照兮，佼人燎兮。
舒夭绍兮，劳心惨兮。

——《国风·陈风·月出》

注释

佼人 美人。佼，通"姣"。
僚 娇美。通"嫽"。
舒 缓，形容女子端庄文静。

窈纠	形容女子仪态优美的样子。下文的"忧受""夭绍"与之同义。
劳	惆怅。
悄	忧愁的样子。
㥄	妩媚。通"㜺"。
慅	内心躁动。
懰	光彩照人。
惨	内心痛苦。

　　这是三千多年前陈国的月亮。大而肥腴，明晃晃的。它升起来的时候，像颗沉甸甸的果实，坠坠的，真恨不得要拿个支架替它撑着。

　　这样的月亮我不陌生。

　　我儿时见过很多很多次。

　　记忆里的儿时，天总是晴着，总是一望无际的。尤其是秋天。

　　秋天的夜晚，也总有一个大而肥腴的月亮，在头顶上晃着。村子里的晒场上，黄黄的玉米棒堆成了金色的小山。这座金色的小山，得靠村人们的双手，一粒一粒剥下来，摊开来晒干，成为大家的口粮。所以夜饭的碗刚一搁下，每家的大人们便都吆喝着自家小孩，扛了板凳，踩着明晃晃的月亮的影子，热热闹闹的，一路往着晒场去。这浩大而喧闹的声势，好像是去看晒场电影的。唉，其实我们是被叫去剥玉米的。那活计看似轻松，拿铁签子在玉米棒上先抽出一条小沟槽，双掌顺着小沟槽往两边揉搓，玉米粒就一行行剥落下来。小孩子的皮太嫩，不经揉搓，我们剥不了多久，手掌就火辣辣地疼。

月光却一点儿也不疼。它们欢快地奔流下来，给每个人的头上、脸上、身上都抹上一层象牙白，那些白天看上去又黝黑又粗糙的村人，显露出一种说不出的柔美。旁边的草垛子也是美的，不远处的河流也是美的，河边长着的几棵刺槐也是美的，地里的庄稼也是美的，我们住着的低矮的茅草屋也是美的。整个大地，一片莹光流转，无一处不美。我常常被惊着了，停下剥玉米，看呆了。那时人小，尚没有读到这首《月出》，不然我肯定也会触景生情，脱口而出一句"月出皎兮"之类的句子。

玲子和阿兵悄悄避了人，一前一后从"金色的小山"边绕过去，走到河边的一棵刺槐树下。玲子是村子里的漂亮姑娘，她脑后粗黑的长辫子和苹果似的红脸蛋，是独一份的。她上有五个哥哥，父母就得她一个女儿，疼爱得很。阿兵家里非常穷，有弟兄三个，早过了婚娶年纪，却一个都没娶上媳妇。阿兵是弟兄三个中的老二，长得最好看，文文弱弱的。他念过小学，识得不少字，平日里爱抓本书在手里看，村人们都喊他秀才，含着轻视的意思。在农村，村人们敬重的是力气大埋头干活儿的人。

我们小孩子好奇心大，会偷偷跟在他们身后。他们轻轻地说着话，虫鸣似的，听不清是什么。有时说着说着，玲子会轻轻抽泣起来，阿兵就伸手拍她的背，一下一下。我们不明所以，又悄悄溜开去。隔远了看，他们可真好看，沐着月光，像白瓷雕出来的两个人。他们的事，大人们都心知肚明，悄悄儿议论着，叹息着。大人们的叹息声，使得月光也抖动起来。不久，传出玲子出嫁的消息。原来，玲子和阿兵私下里相好了。玲子的家里，自始至终都不同意他们交往，匆匆给玲子说了一门亲，把玲子给嫁了。阿兵成了孤单的一个人，他迅速地憔悴下去。村人们再在月下碰到阿兵，觉得他的可怜连带着那漫天的月光也可怜起来。

这里，陈国的月下，早就站着一个可怜人了。

他形销骨立，仰头痴痴望着一轮明月，明月里，晃着他心爱的姑娘的一张脸。他爱上了那个好姑娘，可是受到现实的百般阻

《临马和之陈风图册·月出》　[清] 萧云从

挠，最终爱而不得。思念的潮水却没法子拦住，他只能一任它奔流，尤其是在这样有着明晃晃的月亮的夜晚。他的姑娘多像这轮明月啊，皎洁而明亮，纯洁而美好。他忍不住轻声低吟：

月出皎兮，佼人僚兮。
月出皓兮，佼人懰兮。
月出照兮，佼人燎兮。

我们不得不承认，姑娘真是个大美人，美丽、美好、光彩照人。青年人对着月亮望着望着，仿佛就看到他的姑娘正迈着轻盈的步子，披着一身月光，向他款款走来。他眼中的她，身姿何等曼妙——"舒窈纠兮""舒忧受兮""舒夭绍兮"，姑娘每走一步，都走在他的心上。他喜出望外地迎过去，如水的月光，被搅动得泛起涟漪。姑娘忽然不见了，满世界只剩月光在无声地流淌。原来，刚刚出现的一切，不过是个幻觉。

青年沉入更深的忧伤中，一颗心无处安放。连带着天上的一轮满月，也充满了不可言说的惆怅。自他开始，望月怀人便成了人们绕不开的一个情结，代代无穷已。

泽陂

bǐ zé zhī bēi　　yǒu pú yǔ hé
彼泽之陂，有蒲与荷。
yǒu měi yì rén　　shāng rú zhī hé
有美一人，伤如之何？
wù mèi wú wéi　　tì sì pāng tuó
寤寐无为，涕泗滂沱。

bǐ zé zhī bēi　　yǒu pú yǔ jiān
彼泽之陂，有蒲与蕳。
yǒu měi yì rén　　shuò dà qiě quán
有美一人，硕大且卷。
wù mèi wú wéi　　zhōng xīn yuān yuān
寤寐无为，中心悁悁。

bǐ zé zhī bēi　　yǒu pú hàn dàn
彼泽之陂，有蒲菡萏。
yǒu měi yì rén　　shuò dà qiě yǎn
有美一人，硕大且俨。
wù mèi wú wéi　　zhǎn zhuǎn fú zhěn
寤寐无为，辗转伏枕。

——《国风·陈风·泽陂》

注释

泽	池塘。
陂	堤岸。
蒲	一种水草，又名水烛、香蒲、蒲香棒等，多年生水生草本。嫩茎和根可食，花、茎皆可入药。
伤	伤心、悲伤。
无为	没有办法。
涕泗	眼泪与鼻涕。
滂沱	本意是雨下得大，此处形容泪涕俱下的样子。
蕳	莲子，荷花的果实。
卷	通"婘"，美丽漂亮的样子。
悁悁	愁闷。
菡萏	荷花。
俨	端庄矜持的样子。

　　陈国这个小国挺有意思的，人多敏感而多情，对月易发幽思，对花爱掉清泪，好像它一直走在少年恋爱的路上。尤其是到了国君陈灵公治理期间，更是任性得厉害，他居然和他的大夫同时爱上另一个大夫的妻子，沉溺不知归路，最后竟命丧于这上头。有这样的国君做"表率"，上行下效，结果，陈国的社会风气一度很坏，"男女递相悦爱，为此淫泆（yì）"。有人解读这首《泽陂》时，就把它往这上面靠，说它是为讽刺陈灵公的荒淫，感伤陈国风气大坏而作。

　　我真的不敢苟同这番见解。我读它，只觉得忧伤，只觉得美好，清澈的，婉约的，是一枝荷花照水。它就是俗世里的一段小情小爱，叫人愁肠百结、患得患失，抽掉任何时代背景，都成立。

　　青青的小池塘，哪里都有吧？池塘边长着的那些植物，比如蒲草和荷花，我们都不陌生吧？池塘里自然得有些荷花和浮萍来陪衬的，我的乡下就多这样的池塘。我小的时候，第一次见到人家屋后池塘里的荷花，着实吓了一大跳。它从水里长出来，亭亭的，擎着几枝红，就那么在烈日下艳艳着，像是要滴出血来。我们小孩子一度叫它魔鬼花。

《诗经名物图解·蒲》

陈国的这口池塘，也就是个普通的池塘，塘里有蒲有荷。可因为一个姑娘幽幽的泣诉，它变得有些不普通了。它成了一口伤心的池塘。

热烈爱过的人，当都尝过相思的苦，那种蚀骨蚀心的滋味，酸酸的，疼疼的，坐也不是，站也不是，睡也不是，醒着也不是。看到熟悉的场景，听到类似的声音，甚至一个眼神，一个背影，都能瞬间让自己崩溃，陷入思念的深渊，万劫不复。

如果是暗恋，那滋味，就更为深刻了，又加了一层不与人说

《诗经名物图解·荷华》

的苦楚。痛着悲着，念着想着，也只能一个人扛着，剪不断，理还乱。

一如诗里的这个姑娘。

姑娘偷偷喜欢上了一个小伙子。这个小伙子太优秀太漂亮了：

有美一人，硕大且卷。
有美一人，硕大且俨。

姑娘直言不讳地告诉别人，他就是个大美人啊，又高大又帅气，举止又庄严又尊贵。姑娘一眼千年，为之着了魔。

也不过是偶然相遇，在这小小的池塘边。或许，那是一个清新的下着寒霜的清晨，塘边的树木上都挂着冷霜。姑娘路过这里，

《夏荷八景册之三》　［清］戴衢亨

不早不晚的，青年也路过这里。他眉目俊朗，笑容浅浅，话语轻轻，周遭的世界因他而亮堂。姑娘只觉得眼前晃过一轮大太阳，她为之掉了魂。

又或许，那是一个暗香幽生的黄昏。春天的草都长好了。春天的花都开好了。十七八岁的姑娘家，来此望春风呢。然后，她看见了走过池塘边的青年——那个比春草还要绿的一个人，那个比春花还要明艳的一个人。姑娘沦陷了。

姑娘便常常来这池塘边了。她希望能再度与青年相逢，她要大胆地向他示爱。可是，一个春天都走了，青年也没有再出现。

夏天来了，池塘边的蒲草已是蓊蓊郁郁。塘里的荷花，有的在打花苞，有的已然盛开，蜻蜓纷飞其上，一片热闹。眼前有盛景，却少一个同赏的人。姑娘触景伤情，忧伤得无以复加。她绕着池塘一遍一遍走，直走到夜深人静。回家去，哪里睡得着？心里装的都是那个他。她伏枕辗转，一把鼻涕一把眼泪，难过得不成样子。"天涯地角有穷时，只有相思无尽处"，从来的相思，都是这般折磨人。唯有这般折磨，青春才叫青春吧。

我的朋友玉，就深谙其味。

玉在年轻时，曾狠狠地喜欢上一个男生。男生是她的高中同学。起初他们并无交集，她和一群女生一起玩儿，他和一群男生一起玩儿。偶尔会在楼梯口碰到，至多是互相点一点头。

一天午后，他和几个男生倚靠在教室外的栏杆上说着什么。他的脸上荡着笑意，午后的阳光，打在他脸上，那笑意就有些波光粼粼起来，说不出的柔和和动人。她从旁边经过，掠进眼里，心莫名其妙剧烈地跳了一下。

她开始留意他。他上课时喜欢一边听讲，一边灵活地转动着一支钢笔。他的手指可真修长啊，是双弹钢琴的手。他的侧脸也好看，轮廓分明，线条流畅。他喜欢喝柠檬水，桌肚子里总塞着一瓶。他应该还会吹笛子，书包里放着一支，只是她没听他吹过。他打篮球时弹跳起来，像一头可爱的小鹿。他作文总也写不好，对着作文题瞪半天眼，绞尽脑汁，纸上却落不下半个字。可他数学成绩相当棒，同学们做不出来的难题，他三五分钟就搞定了。

他是乡下来的，他所在的那个村庄，她以前从没听说过。自打她留意起他，他的村庄也有了别样的意义，她处处打听关于那个村庄的事，事事都与她有了关联似的。她知道他的爸爸妈妈都在家务农。他还有个姐姐，已经大学毕业了，分配在小城做中学英语老师。他对建筑设计颇感兴趣，考大学的志向是建筑方面的专业……

她一点一滴收集着有关他的信息，像收集珍宝一样。

体育课上，她悄悄溜回教室，在他的桌肚子里，放上一瓶柠檬水。她买了指导写作文的书，偷偷放到他桌上。她还省下吃饭的钱，给他买了一只很贵的篮球做生日礼物。结果因为种种原因，篮球没能送出去。她留下它，做了纪念。

转眼高考，填报志愿时，她毫不犹豫地填了建筑专业。而他却改变了初衷，选的是化工。

大学里，她拒绝了一个又一个的追求者，尖着耳朵，四下里打探他的消息。她知道他在另一个城市里上大学，还爱喝柠檬水，还爱打篮球。在迎新会上，他吹响了他的笛子，赢得了满堂喝彩。她从别人那里要来他的电话号码，试着给他拨打过，当他的声音在电话那端响起时，她又不知说什么好了，慌张地放下。

寒假回家时，她去了他的村庄。要换乘好几辆车呢，还有一段山路要步行。她终于到达他的村庄，走着他曾走过的路，看着他曾看过的景，想到他从小就生活在这里，看着这片天空，踩着这片土地，她的心里既欢喜又难过。

她找到了他的家。隔着枯藤爬满的石头院墙，她赫然见到他在院子里，只不过身旁，却倚着一个白白净净的女孩子，正和他谈笑风生。她没有走进去，而是把手里的一枝梅花，悄悄插在了他家的院墙上。

故事也就完了。

经年之后，她跟我回忆起这些，笑了。笑着笑着，她的眼角，泛起了泪花。

我问她，悔吗？

她笑着轻轻地摇摇头，再摇摇头。她说，很感动，为曾经那个狠狠暗恋着的自己。

年轻时，谁不曾遭逢过这样一场刻骨的相思呢？因为无果，才显得格外迷人。

第三辑 桃之夭夭

春天是桃花天。
桃花太惹眼了。
一朵朵粉红嫣然,
如同少女的脸。
桃花天里宜嫁娶。

贈之以勺藥

傳勺藥香草集傳
三月開花芳色可
愛○呂記陳氏曰
勺藥者溱洧之地
富有之詩人賦物
有所因也陳溪子
花鏡勺藥廣陵者
為天下最近日四
方競尚巧立名目
約百種

溱洧

溱与洧,方涣涣兮。士与女,方秉简兮。女曰:"观乎?"士曰:"既且。""且往观乎!洧之外,洵訏且乐。"维士与女,伊其相谑,赠之以勺药。

溱与洧,浏其清矣。士与女,殷其盈矣。女曰:"观乎?"士曰:"既且。""且往观乎!洧之外,洵訏且乐。"维士与女,伊其将谑,赠之以勺药。

——《国风·郑风·溱洧》

> **注释**
>
> **溱、洧** 郑国都城附近河流。
>
> **涣涣** 水流盛大貌。
>
> **士与女** 指春游的男男女女。下句的"女""士",指某个女子和男子。
>
> **方** 正。
>
> **秉** 执,拿。
>
> **蕑** 一种香草。
>
> **既且** 已经去了。且,"徂"的假借,去,往。
>
> **洵訏** 实在宽广。洵,实在。訏,大。
>
> **伊** 语助词。
>
> **相谑** 相互嬉戏,开玩笑。
>
> **浏** 水清亮。
>
> **殷** 众多。
>
> **盈** 满。

每回读到这首《溱洧》,我都要心旌(jīng)摇荡好一阵子,真想穿越过去,一身丽装地穿着,像一枝开花的泽兰一样,摇曳在那溱水边,袅娜在那洧水边。阳光照得多明媚啊,春风吹得多温柔啊,年轻的笑脸多鲜亮啊,鸟儿的求偶声多动听啊,我也有热情一把,想爱一个人,深深地。

是的是的,这一天,是专属于情专属于爱的。它有一个颇为特别的名字,叫上巳节。这是农历三月的第一个巳日,满眼都是春水摇绿春草萌动啊,一切都是初生,一切都是欣欣然的,有初见的喜悦,体贴地响应了"巳"的本义。"巳"在甲骨文中的形状,就像个婴儿，最初的解释，也是与胎儿有关。所以在古时，上巳节这天，有求子之祭。

这里也举行过一场祭祀吗？人们穿戴一新而来，蹲伏到水边，捧起河水净脸、净手。河水荡漾着初春的气息，清澈纯洁，去垢除病。人们采下散发着清香的泽兰，佩带在身上。庄重的仪式开始，人们虔诚地祭祀高禖（méi，管理婚姻和生育之神）。礼成，灾难从此远离，子孙将如愿降临。人们笑逐颜开。

青年男女的眼睛可没闲着，他们如觅花的蝶，在人群中扫来扫去，看到对上眼的了，一点儿也不加掩饰，立即跑上前去搭话。这天，谁也不会对这种行为横加指责妄加议论，这是约定俗成的事，人们乐见其成。于是，溱水和洧水两岸，多的是成双成对的身影。其时，天气响亮，云蒸霞蔚，一团一团的笑语声，跌落在水面上，惊起一圈圈涟漪。爱情的种子，在草绿花开间野蛮生长。

这时候，却有一个姑娘，手执一枝泽兰，独自静立在洧水这岸——她在等人。她相中的小伙子，去了洧水那岸。那岸，人影幢幢。姑娘心里忐忑着，真怕她的意中人被人抢了先。所幸，小伙子很快回转来。姑娘赶紧迎上去，大胆向小伙子发出邀请：你看，河那岸好热闹啊，你愿意陪我去看看吗？

小伙子一愣，他脱口而出，我刚刚去过了呀。姑娘自然知道他去过了，她可不管这个，半是撒娇半是执拗地说：

且往观乎！

——你再陪我去看看好不好？

小伙子这下子全明白了，姑娘这是看上他了。他再看姑娘，活泼又明媚，这样的姑娘，他没有理由不喜欢。更何况，她来主动追他。都说女追男隔层纱的，小伙子可架不住姑娘的追求，他立马缴械投降，答应道，好呀好呀。洧水岸边，便又多了一对成双的身影。

一路行来，草绿花开，他们缓缓走，慢慢看。其间没少交流，姑娘可爱大方的性情，投了小伙子的缘，他的热情被点燃了，等到了洧水那岸的开阔地上，他们已仿佛是相识了好多年的朋友，言行举止都亲密无间，"伊其相谑"起来。

好时光总是太匆匆，不经意间，夕阳已染红了浩荡的河水，夜幕降临了。姑娘和小伙子要分别了，她一边欢喜着，一边忧愁着，幸福来得太突然，叫她恍惚。她反复问小伙子，你对我可曾心动？小伙子一次次肯定地答，当然，当然。姑娘可开心了，她兴奋地采下一枝芍药相赠，殷殷嘱托，那你可要早早到我家来提亲啊。

这样的恋爱，真是动人，带着草木的清香，明亮、洁净又炫丽。开在水畔的芍药花怕是不知，它竟做了爱情的信物，成了最迷人的花朵，千百年来，从未褪色。

《诗经名物图解·芍药》

十亩之间

shí mǔ zhī jiān xī　　sāng zhě xián xián xī　　xíng yǔ zǐ huán xī
十亩之间兮，桑者闲闲兮。行与子还兮。

shí mǔ zhī wài xī　　sāng zhě yì yì xī　　xíng yǔ zǐ shì xī
十亩之外兮，桑者泄泄兮。行与子逝兮。

——《国风·魏风·十亩之间》

注释

桑者　采桑的人。
闲闲　从容不迫的样子。
行　将要。
泄　人多的样子。
逝　离去。

  江浙一带的农事里，占据十分重要位置的，是蚕事。分春蚕和秋蚕。夏季也养，但少量，只是养着玩儿。那时歇桑。除了野桑树上尚有叶子，家植桑树，都在养精蓄锐着，枝条上的叶，才冒出指甲大小。但一俟（sì）秋风起，那些桑叶，全憋足了劲儿，疯长。不过三两天，满桑园看过去，已成叶的海洋，绿海洋。繁密得不露一丝缝。那些蚕宝宝，可以放开了肚皮吃。你尚未走近蚕房，一片沙沙沙的响声已扑过来，急风骤雨般的。是蚕们在大快朵颐。一层桑叶铺上去，像给它们盖上厚厚的绿毯子，可很快，这"绿毯子"就被啃成丝啃成缕，然后，消失不见。一条一条蚕，伏在芦苇席上，青白而胖的小身子，蠕动着，丰衣足食的安泰样。

读到这首《十亩之间》时，我想起这样的蚕事。令我大为吃惊的是，原来，北方也养蚕的，在《诗经》时代。曾经的鼎盛，远远超过现在的江浙，几乎家家事蚕事。甲骨文里有祭祀蚕神的记载，说明早在商代，黄河流域的蚕事和丝织业，已相当发达。

那么，是谁第一个发现了蚕这种小虫子能吐丝，且那丝可以织成布？我毫不怀疑，发现它的是女人，女人的细心与敏锐，与生俱来。也许只是一场偶然，一个到山坡上采野果的女人，无意中在一棵野桑树上，发现了一些蚕宝宝。它们洁白柔软的小身子，让女人很喜欢。女人就天天跑去看它们，像守着一棵花树等花开。蚕宝宝们在女人的守望中，一天天长大，它们吐丝，结出雪白的茧子。女人捡了那些茧子回家，想把它们当鸟蛋给煮呢，结果，抽出了亮亮的丝。

人类的智慧，是道神秘的符，不可解。

十亩？是的，十亩。桑园幽幽。再掏一块白地，种半畦豆子，或半畦大白菜。之间，之外，都是。多大的庄子！多大的田园！女人们在十亩之间，十亩之外，劳作着。把一天一天的日子，打点成饭桌上冒着热气的饭菜，打点成身上穿着的布衣裳。

《蚕织图卷》（局部） [南宋] 梁楷

  是在仲春，或是在仲秋，阳光灿烂。一个村庄，都被阳光拥抱着，波光粼粼的。一望无际的，是桑树园。肥绿的桑叶，把天地铺成浓墨重彩的油画。采桑女推开柴门，顺便弯腰在院墙外扯一把青草，丢给跟在身后咩咩咩叫唤的羊。一个，两个，三个……她们肩背手提的，是藤编的筐。她们结伴着，去桑园采桑。

  布衣荆钗，脸庞黑里透红，长头发黑而闪亮，这是她们最健康的模样。她们在桑树林间穿梭，飞快地采着桑叶。桑叶乳白的汁液，粘在她们手上，洗也洗不脱。她们的手，什么时候闻起来，便都有一股桑叶的味道。而那些白而胖的蚕，是最喜欢亲近她们的手的，她们只要轻轻一拨弄，蚕们就会舒服地伸伸小身子。

> 十亩之间兮，桑者闲闲兮。
> 十亩之外兮，桑者泄泄兮。

  是谁在远远地观望？十亩之间，十亩之外，那些采桑女的身影，从容、轻盈，像花蝴蝶。有歌声响起，这边唱，那边和。柔媚得

在《诗经》的原野上漫步：陌上花开

似风吹。画面是这样的迷人，让远远站着看的那个人，忍不住击掌大叹，妙啊！于是写出了这首《十亩之间》。

夕阳西下，鸟儿归巢。采桑女们的筐子，满了。一筐筐的绿汪汪。她们背起筐子，额上沁出细密的汗珠。她们随手在额上捋一把，桑叶的汁液，便又粘到额上去了。一张脸，成大花脸，眼睛却亮晶晶的。几个姑娘互相取笑着，站在路边等那个最慢的，她还在桑园深深处呢：

行与子还兮。
行与子逝兮。

——哎呀，你快点嘛，我们在等你一起走啊。她们一齐叫。

桑园深深处有脆脆的应答声，就来了，就来了。

有狗前来迎接她们，在她们前头，撒着欢奔跑。村庄上空开始飘起了炊烟。

她们是我的母亲，她们是我的姐姐。至今，我的母亲和姐姐，还在那片桑树林中，采着桑叶。蚕宝宝们胖胖的身子，躺在芦席上。只听见沙沙沙，沙沙沙，急风骤雨似的，是蚕食桑叶的声音。每条蚕，吃饱了喝足了，都会变成洁白的茧子。而那些茧子，会变成我们身上的衣服、围巾和被子，会变成我们手里的一方帕。握着这些丝织物，我似乎握到了桑叶的温度。

这是人类之所以生生不息的秘密所在。

樛木

南有樛木，葛藟累之。
乐只君子，福履绥之。

南有樛木，葛藟荒之。
乐只君子，福履将之。

南有樛木，葛藟萦之。
乐只君子，福履成之。

——《国风·周南·樛木》

注释

樛木　树木枝干弯曲下垂。
葛藟　野葡萄之类的植物。
累　　攀缘，缠绕。

乐只	快乐的。只，语助词。
福履	福禄。
绥	安，动词。
荒	覆盖。
将	进，增益。一说，持。
萦	缠绕。
成	成就。

我想到了凌霄花。

很多个以前的日子，我是没有亲眼见过此花的。乡下没有。我当时所在的集镇也少见。只在一个诗人的诗里见过。她写它，用的完全是一种鄙视的口吻：

如果我爱你——
绝不像攀援的凌霄花
借你的高枝炫耀自己

人的成见，有时的确可怕。我因此，对此花生了厌恶之心，想着，无非是一寄生植物罢了。

直到我调进城里的一所学校。一日，我在阶梯教室里监考，偶一抬头，望见不远处的长廊边，一棵树上挂满橘色的花朵，像小火炬似的。它头顶上的小半个天空，都被它映照得明艳艳的。

我当时尚不知它就是凌霄花。我以为是那棵树开了花，惊艳得不得了。余下的监考时光，我几乎每隔几分钟，就要对那棵树行一回注目礼。

那场监考一结束，我就小跑过去。到近前，才发现，树只是棵寻常的榆树。单单长着，怕是很难让人看上一眼的。可是，现在，它却被漂亮的花朵簪满身，变得华贵端然起来。走过路过的孩子或老师，没有一个不抬一下头，看一看它。然后，便有笑在脸上漫洇（yīn）开来。

我真是喜欢上了那一树的花朵，那些橘色的火一般燃烧的花朵。

后来有人告诉我，这是凌霄花。我大吃一惊。为先前自己对它生的厌恶，抱歉了很久。

"世上只有藤缠树"——民歌里是这样唱的。你若做树，我必做藤，生生世世缠着你，缠着你。藤因树而有了依靠，树因藤而变得华贵端然——这是大自然的秘密，关于爱情的秘密。

这秘密，没有瞒得住聪明的人类。不，不，应该这么说，我们人类，本来就是大自然中的一个，是那榆树，是那凌霄花，也是那弯弯树，是那野葡萄。

当它们相遇，它们除了彼此幸福地纠缠，生生不休，还能怎样？爱情的到来，就是一场宿命，躲也躲不过，逃也逃不掉。只能一任自己沦陷，一生一世，紧紧相随。

如《樛木》中这对男女。

他是那高大的弯弯树,她是那青青的野葡萄。他们一朝相遇,就像磁石相互吸引,彼此再也不能分开。他张开怀抱,张开臂膀,一任她"攀爬"其上。她的欢颜,就是对他最好的装饰和奖赏。她是幸福的,他是幸福的。

然后,我们看到了一个喜气洋洋的新婚场景,宾客举杯,齐齐祝福:

南有樛木,葛藟萦之。
乐只君子,福履成之。

——瞧瞧,新郎你是多么高大帅气啊,就像那弯弯树。你的新娘又是多么小鸟依人啊,就像那青青的野葡萄。今日你们喜结连理,真替你高兴,从此你将安享幸福了。

我从这场热闹闹的婚庆里,还想到上帝他老人家的智慧,他若造出一棵树来,必造出另一棵藤来。这叫一物降一物。世界因此得到平衡,共享安宁。

认识一男人,男人的经历跌宕起伏。当年,他因受一摇滚青年的蛊惑,高中都没念完,偷拿了母亲的钱,跑到一都市去,租住在地下室里,组建了一支地下乐队。这乐队也不过维持了一两年,就解散了。他不得不跑去酒吧里卖唱,又跑去街头卖唱。实在混不下去的时候,他偷窃过,因此坐了一年牢。出来后,他在手臂上刺青,发誓要报一年的牢狱之仇。母亲被他气得吐血,宣布与他断绝往来。没有人再看好他，认为他这一辈子都毁了。

然而某天，他却人模人样地回家了——他有了自己的商铺，做文创产品，兼做花卉生意，他买下都市里最好地段的一套住宅。他的身旁，小鸟依人般的，倚着一个文静的姑娘。在他最颓废最荒诞的时候，他遇到了她，她的笑容和温柔的话语，化解了他心中的冰川。他乐意听她的话，一点一点为她改变，最终，成了她坚实的依靠。

当你是一棵树，若遇见了你命中的藤，那么，我恭喜你，请好好珍惜吧。从此，你也必将"福履成之"。

桃之夭夭

桃之夭夭,灼灼其华。
之子于归,宜其室家。

桃之夭夭,有蕡其实。
之子于归,宜其家室。

桃之夭夭,其叶蓁蓁。
之子于归,宜其家人。

——《国风·周南·桃夭》

注释

夭夭　　花朵鲜艳,生机旺盛的样子。
灼灼　　花鲜艳盛开的样子。
华　　　通"花"。

之子	指出嫁的女子。之，此，这。子，《诗经》中常见的指代词，意为"这个人"，不分男女。
于归	古代称女子出嫁为"于归"，或单称"归"，是归往夫家的意思。于，虚词，《诗经》中常见，其义相当于"曰""聿"。归，出嫁。
宜	和顺。
室家	家庭，家族。此指夫家，下面的"家室""家人"均指夫家。
蕡	果实肥大的样子。
蓁蓁	树叶繁盛的样子。

春天是桃花天。

桃花太惹眼了。一朵朵粉红嫣然，如同少女的脸。

桃花天里宜嫁娶。这不，迎亲的队伍已在赶来的路上了，隐隐有锣鼓声传来，当当当，咚咚咚，催开了姑娘家屋前屋后的桃花，一大片的，如同云锦落下来。喜娘门里门外跑着，身上晃着桃花的影子，她一会儿去看看门外的情况，一会儿又跑去姑娘的房里，喜滋滋地报告道，迎亲的队伍就快到了，姑娘请盖起你的红盖头吧。

于是，祝福的歌声响起来：

    桃之夭夭，灼灼其华。
    之子于归，宜其室家。

起初是三弦两弦的拨弄，后来是一群人开唱，唱得有兴头，喜洋洋的：桃花一样美好的姑娘啊，你就要出嫁了。你这么美好的姑娘嫁到夫家去，既宜室来又宜家，会给夫家带去好运的。

接下来，唱的内容就更有意思了，唱到姑娘的未来了。预想中，那是一路的红火啊：

> 桃之夭夭，有蕡其实。
> 之子于归，宜其家室。

> 桃之夭夭，其叶蓁蓁。
> 之子于归，宜其家人。

《仿古山水册》 [清] 王翚

——不久后，且看那桃树的果实多肥大呀，且看那桃枝桃叶多繁茂呀，桃花一样美好的姑娘啊，你嫁去夫家，将多子多福。你与夫家每个人都能相处和睦，你将给夫家带去旺盛的好日子。

这是一支出嫁歌。或许有专门的草台班子，在姑娘家搭了戏台子来唱。我们今天，民间人家娶亲嫁女，也往往要请戏班子来助兴。或者，是那走村串户唱小曲讨生活的人，肩上搭着个布袋子，手里夹着两片竹片子，斜挎一面小鼓，逢了有喜事的人家，主动靠上门去，倚了人家的门框，打起手里的竹片子，敲起斜挎的小鼓，张口便咿咿呀呀唱起来。主人家哪好意思赶他走呢，由着他唱呗。他真的很讨喜，一开口，就把主人家的姑娘夸成一朵花了，是九天的仙女下凡来。宾客们听得笑眯眯的，大家都被他的唱词给吸引住了，围过来，听他唱。他受了鼓舞，越发得了意，手里的竹片"当当"飞舞，如一瓣一瓣莲花开，唱词更是一句比一句吉祥。歌喉又清亮又昂扬，直唱得主人家眉开眼笑，赏他多多的喜钱，外加喜糖喜饼。

民间办事就图个吉利，要的是红红火火的喜庆，何况是这样的婚姻大事？对新娘最好的祝愿，就是祝愿她嫁的人家是个好人家，她嫁过去之后，日子能够和乐安稳，生一堆胖娃娃。这多子多福的思想，一直延续到今天，且成了民间根深蒂固的一种传统思想。我们今天祝福一对新人喜结连理时，定不会忘了送上一句：祝早生贵子呀。

还是回到这个送亲现场吧，人家的出嫁歌尚未唱完呢，还在一叠三唱。迎亲的锣鼓，越来越近，咣咣咣，咚咚咚，震得树上的鸟儿晕头转向了。迎亲的队伍有多长？也许绵延有二三里远呢，路旁站满了看热闹的人，桃花灼灼，桃花灼灼呀！喜娘高声朗叫，吉时已到，请新娘子出门！打扮一新的姑娘，蒙着红盖头，被人搀扶出来，耳畔都是欢声笑语啊，吉祥的话儿，多得得用箩筐装。邻家来看热闹的孩子，撒欢儿的小狗似的，在人群中窜前窜后，欢叫着，新娘子出来喽，新娘子出来喽！无论古代，还是现代，俗世里最隆重最欢庆的事，莫过于这样的嫁娶了。

这场景我何等熟悉！我老家的风俗，娶亲嫁女，都是在夜间进行。小孩子最爱看新娘子了，知道邻居家要娶新媳妇呢，我半夜兴奋得睡不着，单等那一声迎亲的爆竹炸响，立马飞奔过去。那个时候，新娘子大多数是用自行车驮来的，红衣绿裤地端坐着，说不尽的娴淑和神秘。自行车的车把用红绸带缠着，喜气洋洋。新娘子的头上盖着红头巾，喜气洋洋。我钻到一群看新娘的乡人前头去，眼睛一眨也不眨地盯着新娘看，看不到她的脸，那也没关系，她就是与众不同的一个啊，就是浑身发光的一个啊。她下车了。她被人搀着款款而行。她摇曳生姿。

这时候，新娘的公公婆婆早站在大门口迎着了，他们笑得合不拢嘴。乡人们涌上前去，说一番恭维的话，夸新娘子的种种，夸老夫妇有福气，将来定是儿孙满堂。老夫妇听得高兴，打着哈哈说，托你们的福。一边把喜糖像撒黄豆似的，往外撒。

我最盼的，却是那样一个时刻，新娘子头上的红头巾被缓缓掀起。我屏气凝神，小小的心里，充满欲飞的期待。我知道，红头巾一旦掀起，就是一场惊艳啊。我在那惊艳里发呆、陶醉。

再玩过家家时，我一定要扮小小的新娘。虽然许多曾追着看的新娘，后来一个个在生活中还原成最凡俗的模样，但我还是忘不了，一掀盖头时的那场惊艳。我坚定地以为，女孩的长大，就是为了那场惊艳的。

那么，《桃夭》中的这个姑娘呢？红盖头下，又是怎样一场惊艳呢？鼓乐齐鸣，从此，她告别娘亲，去往一个陌生的屋檐下，她的心，怎样期盼着，又是怎样慌乱着？

我想起哭嫁的风俗。

在我国很多地方，都有哭嫁一说。比如，湘西土家族。姑娘出嫁前半个月，就开始哭了，哭完娘亲，哭哥嫂，哭完哥嫂，哭弟妹。等把所有的亲人都哭遍了，再哭自己，骂媒人怎么这么狠心，要把她远远地嫁了。这样的哭嫁仪式极郑重，有用眼泪来感恩的意思，感恩父母养育了自己，感恩哥嫂守护了自己，感恩弟妹陪伴了自己。

不知《桃夭》中的这个姑娘，出嫁的这会儿有没有哭呢？她在喜气洋洋的婚嫁歌声中，款款上轿，红嫁衣上，栖着大朵的桃花。她后来是不是生了好多的胖娃娃，有没有在日子里妥帖安稳，都不重要了。我们记住的是，此刻，她的盛开，如一朵桃花灼灼。那是一个女人一生中，最为华美的绽放。

匏有苦叶

匏有苦叶,济有深涉。
深则厉,浅则揭。

有瀰济盈,有鷕雉鸣。
济盈不濡轨,雉鸣求其牡。

雝雝鸣雁,旭日始旦。
士如归妻,迨冰未泮。

招招舟子,人涉卬否。
人涉卬否,卬须我友。

——《国风·邶风·匏有苦叶》

注释

匏	俗称"葫芦",又名瓠、壶、蒲芦等。古人渡河时,将多个葫芦拴于腰上,人则可浮于水,故曰"腰舟"。
苦叶	枯叶。匏瓜叶枯萎,葫芦已成熟,可系于腰间渡深水。
济	水名。
深涉	渡口。表示河水已满。
深则厉	言水深则带匏于腰。厉,衣带飘浮。本义是衣服下垂的带子。
浅则揭	言水浅则负匏于背。揭,撩起衣服。
有瀰	水满貌。大水茫茫。
鷕	雉鸣的叫声。
濡	湿。
轨	车轴的轴头。
牡	指雄野鸡。
雝雝	雁叫声。
旭日	红日。
旦	升起。古代婚礼,亲迎典礼在傍晚黄昏时分,其他各礼都在早晨日出之前,诗表旭日,或与此有关。
士	男子。
归妻	迎娶妻子。
迨	趁着。
泮	冰解冻。
招招	招手貌。
舟子	驾船摆渡的人。
人涉卬否	此句是说,"别人渡河我不渡"。卬,我。
须	等待。
友	此指女子等待的人。

读过一首写渡口的词，叫我印象深刻。作者是宋人吕渭老，一个鲜少听说过的名字。然而那首词写得真是好，我们不妨一起来读读：

> 渡口看潮生，水满蒹葭浦。长记扁舟载月明，深入红云去。荷尽覆平池，忘了归来路。谁信南楼百尺高，不见如莲步。

时光一下子静了。一个绣着古铜色的渡口出现在我们眼前，一个人站在那里，罩在一圈幽暗的光里面，孤独、落寞、清冷。也不知他站了多长时间了，他一动不动，静静看着潮水上涨，看着它们淹没了水边的蒹葭。夜幕四合，月亮升起来了，他还没有要离去的意思。往事如烟，曾经也是这样的月明之夜，也是在这个渡口，有扁舟载欢，把他载入荷花深处。那时的荷花开得多好啊，如片片红云落下来。身边人也似荷花娇艳，笑语温柔，莲步轻移。他兴高采烈着，她也兴高采烈着，他们哪怕不说话，就是互相望着，也是好的。他们迷失在一片荷花中……

从来渡口多离别。就像有位女诗人写的：

> 是那样万般无奈的凝视
> 渡口旁找不到一朵可以相送的花
> 就把祝福别在襟上吧

而明日
明日又隔天涯

　　许多的别离，从此是真的隔着天涯，再也见不着了。渡口也就成了一块伤心地，就像《匏有苦叶》里的这个秋日渡口，晚风拂着姑娘凌乱的发，拂着她单薄的衣，她站在那里已经很久很久了，从早晨，到傍晚。

　　小小的渡口，容量却是巨大的，装着各色人等的喜怒欢悲。一天里，姑娘在这儿见识到不少人间悲喜剧，时光的滑动，无声无息。有那么一刻，姑娘甚至忘了自己的伤悲，她的心里五味杂陈。

　　来渡口的人，大多数是系着腰舟的。那时候还没什么桥梁呢，河又多，人们出门，腰舟是必备的"交通工具"。好在腰舟也不是什么值钱的东西，到大自然里自取就是了，不过要先选好种子栽种下去。那时，家家都长着一些葫芦吧，是当蔬菜食用的。果实瘦长的，叫瓠子；果实呈葫芦形状，上下双球，有着细腰的，叫壶；果实颈小腹大的，叫匏，等其成熟了摘下来，挑大个儿的晒干后，拿绳子拴着，就能当腰舟了。

　　我们且回到济水岸边的这个渡口来，姑娘还站在这儿等人呢，站成了岸边的一棵芦苇。她等的是她的意中人。春天的时候，他们在这个渡口分别，他说好很快会来迎娶她的。那个时候，葫芦的芽，才刚刚冒出来。转眼间，已是秋了，葫芦的茎、叶眼见着萎了、枯了，结出的匏已做成新的腰舟，赫然拴在行人的腰上。河水深的地方，人们就借着腰舟缓缓渡过。河水浅的地方，人们

匏有苦葉

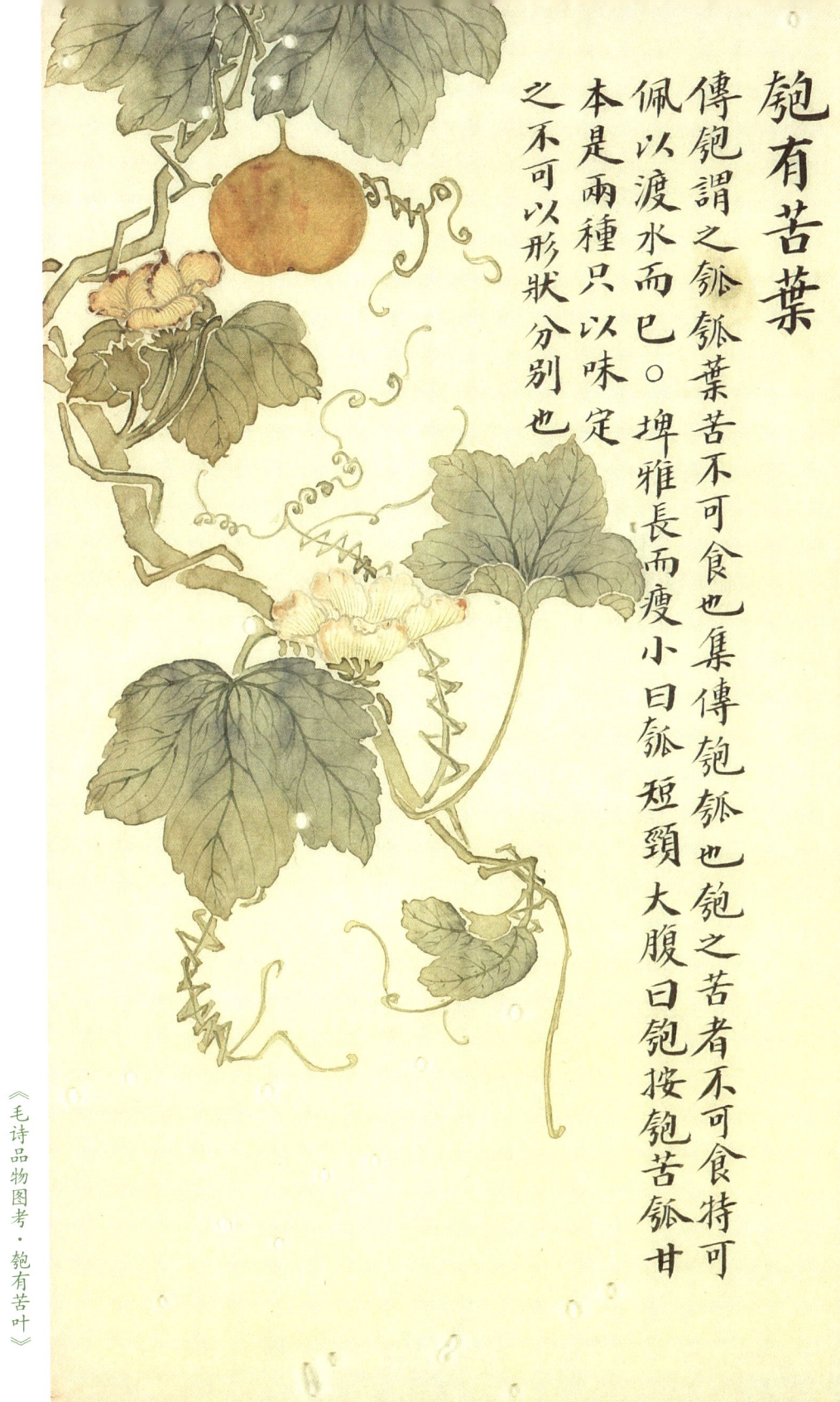

傳匏謂之瓠瓠葉苦不可食也集傳匏瓠也匏之苦者不可食特可佩以渡水而已。埤雅長而瘦小曰瓠短頸大腹曰匏按匏苦瓠甘本是兩種只以味定之不可以形狀分別也

《毛诗品物图考·匏有苦叶》

就撩起衣襟，托举着腰舟快快走过。姑娘等的人，却还没有来。

眼前的济水真是浩荡啊，秋水茫茫，雌雉的鸣叫一声声，断人肠。姑娘听得懂那鸣叫声里的意思，它不过，是在呼唤它的爱人。姑娘也在心里呼唤，却无人懂。人从那岸来，人从这岸去，都不是她要等的人。河上也有渡船往来，姑娘想着，倘若她的那个人驾着马车来，水再大也没关系，可乘渡船啊，水不会淹到车轴头的——她其实，是生了怨的。

天上有大雁"雍雍"叫着，它们排着整齐的队列齐齐往南方飞去，季节开始往寒冷里钻。新的一天又开启了，太阳从济水那岸的地平线上升起来，姑娘又来到渡口旁。她望向那岸，眼睛里蒙上一层水雾了：

士如归妻，迨冰未泮。

——男人如果要娶妻子，最好趁眼下河水还未完全封冻时来呀。百转千回，千回百转，眼看着就要错过好季节了，她等的人，还是没有来。

摆渡的船夫对姑娘已经相当熟了，他总是看到她一个人呆立在岸边。这天，等其他人都上了船之后，船夫终于忍不住，他没有忙着摆渡，而是对姑娘招招手，邀请道："姑娘，要渡河吗？快上来吧。"姑娘摇摇头，她谢过了船夫的好意，告诉船夫，她在等她的恋人。

这一等，就等了几千年了。

野有死麕

野有死麕，白茅包之。
有女怀春，吉士诱之。

林有朴樕，野有死鹿。
白茅纯束，有女如玉。

舒而脱脱兮，无感我帨兮，无使尨也吠。

——《国风·召南·野有死麕》

注释

麕	小獐子，鹿的一种。
白茅	菅草，秋天花茎都变白色。
怀春	春心萌动。
吉士	好青年，指打猎的男子。
朴樕	小树。古代人结婚时用为烛。

纯束　　捆绑。
舒而　　慢慢地。
脱脱　　舒缓的样子。
憾　　　通"撼",动。
帨　　　古时的佩巾。
尨　　　多毛而凶猛的狗。

这首《野有死麕》,我每回读到,都要情不自禁地笑起来。

它委实有趣,有趣极了!

它就是我小时候见过的场景啊。

小时的乡村,天空也是这般地辽阔,一碧如洗。大地上阡陌纵横,沟渠遍布,灌木、茅草生长其间,野花朵朵,时有野鸡、野兔、獐子什么的从中窜出。它们也多半不会引起我们的惊慌,因为太过寻常了。

冬日农闲,乡人们邀约了一起去狩猎。那时还是允许狩猎的,猎只野兔、野鸡啥的,都属正常。这也是乡人们的一种娱乐休闲方式。那个时候,辛苦了一年的田野也歇下了,天地间一片寂静。小动物们都寻着温暖的草窠,把自己给藏起来了,不到迫不得已,它们很少挪出自己的窝。这给狩猎的人们提供了便利,寻着它们的窝去,有时,一逮一个准。最活泼的是野兔子,即便是天寒地冻的天,它们也四下里活动,在野地里奔跑如飞。追逐野兔子就成了青年人最乐意做的事,后面总能跟上一群看热闹的人。最终,

《召南八篇图·野有死麕》 [南宋]马和之

野兔子败下阵,被青年人收入囊中。村庄总要因此而沸腾一阵子,大家嘻嘻哈哈,翻看着青年人的猎物,过节一般的热闹和快乐。

年轻的男女在这个时候最容易擦出火花,一只野兔子作"诱饵",也许双方就能私定终身。他们爱得直接又坦率,月上柳梢头,人约黄昏后。草垛子后头,河堤上,沟边的茅草丛里,都是约会的好地方。不知是害羞,还是因为别的什么缘故,他们恋爱的最初,是避着众人的,很隐蔽。我们小孩子成天瞎逛,再偏僻冷清的地方,也会去。有时,会在远离村庄的一草垛子后头,碰着相爱的一对儿。女的慌张,男的也慌张,他们拉着我们的小手,许诺道,不要说出去哦，我们买糖给你们吃。我们因此，吃过不少的糖。

当然，好事儿最后有成功的，也有不成功的。成功的，当众笑谈昔日钻草垛子之事，博得满堂哄笑。不成功的，便成陌路，对昔日种种缄口不言。不久，男的另娶，女的另嫁，各过各的日子。曾经那么热烈的一段情，都被他们妥妥收藏了，轻易不让外人知道。

《野有死麕》也是这般的好玩儿。它里面年轻的男女，有着未受礼教约束的率真。也是冬天吧，天空干净，大地纯粹，茅花纷飞，一片白茫茫，獐子和野鹿出没其间。年轻的男子趁着冬闲出来打猎，这天他收获真不小，打到了獐子，还打到了小鹿。围观的人群一堆儿，七嘴八舌着，品评着猎物，夸奖着青年人的勇猛。他在其中看见一双小鹿般的眼睛，清澈、热烈，那是一个年轻姑娘的。他一个眼神扫过去，红晕立即飞上姑娘的脸。没说的，姑娘已芳心暗许。

年轻的男子应该受到了鼓舞，等人群散开，他扯了一把茅草，把猎物结结实实包扎好。他要拿它们当礼物，献给那个年轻的姑娘：

野有死麕，白茅包之。
有女怀春，吉士诱之。

——这里一个"诱"字，用得委实可爱极了。是试探？是示好？是勾引？是挑逗？都是，又都不是，带着一点点邪邪的坏。这邪邪里，却满是好意和爱。情窦初开的姑娘，哪里经得起这样的爱情攻势？她羞红了脸，低下头，半咬着嘴唇，光笑不说话，算是默认了——她成了他的"猎物"。

  他们开始了美妙的约会，当然是要避着人的，这偷偷的行为有趣得很。夜降临了，姑娘好不容易等家人全熟睡了，她这才悄悄起床，踮着脚尖走路，生怕弄出一点儿声响。她轻轻拨开大屋

《诗经名物图解·麕》

的门闩，走到院子里，小心推开篱笆门，这才小跑起来。她跑呀跑呀，一口气跑到约会的地点，是在村口的老杨树下，或是在野地里的一个草垛子后头。年轻的男子正踮着脚尖张望呢，远远看到一个人影奔来，不用说，是他心爱的姑娘。他两眼发光，迫不及待冲上前去迎接，张开双臂，就把姑娘抱进怀里。不过才隔了一个白天，他就仿佛隔了一个世纪似的。

姑娘心头的爱火，被哗啦啦点燃了。可到底是姑娘家，还是有些矜持和理智的，她没有爱到忘乎所以。在没有媒人正式上门提亲之前，他们这种私下约会的行为，是要惹起非议的。姑娘只是个普通的姑娘，她有她的勇敢，能大胆表达她的爱。但她也有她的畏怕，她害怕流言蜚语。在他们的动作越来越亲密的时候，她守住了底线，轻轻咬着年轻男子的耳朵根子，撒着娇地提醒他：

舒而脱脱兮，无感我帨兮，无使尨也吠。

——哦，亲爱的，请你的动作轻一些，再轻一些，别动我的佩巾啊，别惊动了庄子上那些长毛狗，惹得它们叫唤呀。

这样的娇笑谑语，这样的原始单纯，热乎乎的，鲜活鲜活的，真正迷死人。千百年来，人类从未走远过，还在俗世里如此地活着、爱着，唱着自己的歌谣。这是我们把这个世界深深爱上的理由之一吧。

《诗经名物图解·尨》

139　　第三辑　桃之夭夭

第四辑 东门之杨

那一夜,真是漫长啊。
夜露降了。
星星们坠落了。
风吹了一夜。
杨树叶子跟着哗啦啦唱了一夜的歌。
姑娘没有来。

標有梅

集傳華白實似杏而酢。

陸疏廣要爾雅凡三釋梅俱非吳下佳品一云梅柟蓋交讓木也一云時英梅蓋雀梅似梅而小者也一云机繫梅蓋机樹狀如人和雪嚼之寒香沁入肺腑者迺是標有梅之梅爾雅未有釋文真一欠事

《毛诗品物图考·摽有梅》

摽有梅

摽有梅,其实七兮。
求我庶士,迨其吉兮。

摽有梅,其实三兮。
求我庶士,迨其今兮。

摽有梅,顷筐塈之。
求我庶士,迨其谓之。

——《国风·召南·摽有梅》

注释

- **摽** 落下,坠落。
- **七** 七成。此指树上的梅子还有十分之七。
- **庶士** 众多青年。庶,众。士,未结婚的男子。
- **迨** 及,趁着。

吉	吉日，好日子。
今	现在。
墍	给予。
谓	告诉。

我摇头晃脑地把这首《摽有梅》念给那人听。灯下，我，他，一对凡俗的妇与夫。多年相处，我们已不说情话了，我们慵懒相对，把一种叫作婚姻的日子，过得四平八稳。我读着读着，就"扑哧"一声笑起来，我说，你看你看，这姑娘比我那时大胆热辣多了，是等不及要嫁的。

他不解风情地"唔"一声，说，姑娘大了，总是要嫁人的。

岂此是耶？她实在是等不及了呢，只恨未嫁。

好像还在昨天，她去梅林，梅树才开着花。那时只道年轻，有的是大把的好时光可以等。可是，从什么时候起，花落了，果子都黄熟了，开始被人采摘。"摽有梅，其实七兮。"——看看，一个不留神，一树的果子，纷纷坠落，树上只剩下七成了。姑娘的心里隐隐有了不安。

这时候，她还有青春可作本钱，追求者众，倒不十分焦急。所以，她面对众多的追求者，发表了爱的告白：

求我庶士，迨其吉兮。

——喜欢我的小伙子们啊，你们要加紧的，趁着青春好年华，赶快来向我求爱吧。不忸怩，不做作，一颗想爱的心，透透明明的。

　　可是，因什么缘故，缘分却错过一场又一场。姑娘再去梅林，梅林里人渐稀少。她挎着采摘梅子的小筐，徜徉在梅树下，眼见着那树上的梅子，又少去四成，只剩三成了。风也无情，还在兀自地吹啊吹啊，吹得树上的梅子，摇摇欲坠。姑娘有些焦急了，她望见自己的青春，"唰"地一下，就刮过去一大截了。她顾不上矜持了，炽热地反复吟唱：

　　　　求我庶士，迨其今兮。

　　——喜欢我的小伙子们啊，你们不要再磨蹭了，今天就来找我吧。

　　时光无情，缘分错失。树上的梅子，已所剩无几，不盈浅筐了。姑娘着了慌，她变得很焦灼很焦灼了，她放低标准，带着乞求的口吻说：

　　　　求我庶士，迨其谓之。

　　——喜欢我的小伙子们啊，你们不要再挑什么良辰什么吉日，你们现在就给我下婚约，把我娶回家吧，我会立刻答应的。

　　我为这个姑娘的率真大胆，拍案叫绝，笑不可抑。那人突然问，后来呢，后来这个姑娘嫁出去没有？

后来？我愣住。好年华不过是梅子在长，先是青涩涩的，一眨眼，就成熟了，树上一片绚烂。风吹，梅子落。只是那些梅子，能经几番风吹？我是眼睁睁看着这个姑娘的青春，像鸟尾巴一样的，滑过去，滑过去。她要等的人，却始终没有来。

也只能为她祈求，梅子梅子你且慢些落。

那么，可爱的姑娘，她还可以稍稍喘上一口气，抓住青春的尾巴再搏一搏。或许会峰回路转，她的他，就在下一个拐角处等着她。没有别的话，他说，嫁给我吧。她回，好。穿上红嫁衣，爹也喜，娘也喜，皆大欢喜。

我想起女友，年轻时羞涩论嫁，东挑西拣的，一错过，竟三十大几了。像一颗熟透的梅子，悬在树上，再怎么挂，也挂不住了。回家，母亲日日唠叨她，你还挑拣什么？现在年纪轻轻的女孩子都难找到满意的对象，你就别再犯糊涂了，有差不离的，就嫁了吧。言下之意，你看你这人老珠黄的，再不赶紧，怕是嫁不出去的。她大呼冤枉，哪里是她挑拣，分明是好男人早在半路上被人劫持了。好不容易等来个相亲的，居然还是个离过几次婚的。

等爱，原是一件相当辛苦的事。

只是，若把等待换成主动出击，结果又会怎么样呢？如果梅树下那个独自吟唱的姑娘，能早点儿扔掉她采摘梅子的小筐，主动去向"庶士"示好，她也许早就觅得如意郎君，一同来采摘梅子了。

《诗经名物图解·梅》

　　在爱情的路上，我们还要走得大胆些，再大胆些，该出手时要出手。毕竟花开不多时，堪折直须折。缘分这东西，原是机不可失，时不我待的。

静女

<ruby>静<rt>jìng</rt></ruby> <ruby>女<rt>nǚ</rt></ruby> <ruby>其<rt>qí</rt></ruby> <ruby>姝<rt>shū</rt></ruby>，<ruby>俟<rt>sì</rt></ruby> <ruby>我<rt>wǒ</rt></ruby> <ruby>于<rt>yú</rt></ruby> <ruby>城<rt>chéng</rt></ruby> <ruby>隅<rt>yú</rt></ruby>。
<ruby>爱<rt>ài</rt></ruby> <ruby>而<rt>ér</rt></ruby> <ruby>不<rt>bú</rt></ruby> <ruby>见<rt>xiàn</rt></ruby>，<ruby>搔<rt>sāo</rt></ruby> <ruby>首<rt>shǒu</rt></ruby> <ruby>踟<rt>chí</rt></ruby> <ruby>蹰<rt>chú</rt></ruby>。

<ruby>静<rt>jìng</rt></ruby> <ruby>女<rt>nǚ</rt></ruby> <ruby>其<rt>qí</rt></ruby> <ruby>娈<rt>luán</rt></ruby>，<ruby>贻<rt>yí</rt></ruby> <ruby>我<rt>wǒ</rt></ruby> <ruby>彤<rt>tóng</rt></ruby> <ruby>管<rt>guǎn</rt></ruby>。
<ruby>彤<rt>tóng</rt></ruby> <ruby>管<rt>guǎn</rt></ruby> <ruby>有<rt>yǒu</rt></ruby> <ruby>炜<rt>wěi</rt></ruby>，<ruby>说<rt>yuè</rt></ruby> <ruby>怿<rt>yì</rt></ruby> <ruby>女<rt>rǔ</rt></ruby> <ruby>美<rt>měi</rt></ruby>。

<ruby>自<rt>zì</rt></ruby> <ruby>牧<rt>mù</rt></ruby> <ruby>归<rt>kuì</rt></ruby> <ruby>荑<rt>tí</rt></ruby>，<ruby>洵<rt>xún</rt></ruby> <ruby>美<rt>měi</rt></ruby> <ruby>且<rt>qiě</rt></ruby> <ruby>异<rt>yì</rt></ruby>。
<ruby>匪<rt>fěi</rt></ruby> <ruby>女<rt>rǔ</rt></ruby> <ruby>之<rt>zhī</rt></ruby> <ruby>为<rt>wéi</rt></ruby> <ruby>美<rt>měi</rt></ruby>，<ruby>美<rt>měi</rt></ruby> <ruby>人<rt>rén</rt></ruby> <ruby>之<rt>zhī</rt></ruby> <ruby>贻<rt>yí</rt></ruby>。

——《国风·邶风·静女》

注释

静女其姝	娴静的女子很漂亮。姝，美丽，漂亮。
俟	等待。
城隅	城角。一说指城上的角楼。
爱	同"薆（ài）"，隐藏。

搔首踟蹰	以手指挠头，徘徊不进。
娈	美好。
贻	赠送。
彤管	红色的管状物。一说指初生时呈红色的管状的草，即下一章所说的"荑"。
炜	色红而光亮。
说怿女美	喜爱你的美丽。说，同"悦"。怿，喜悦。女，同"汝"，第二人称代词，下文的"匪女之为美"的"女"同此。
自牧归荑	从远郊归来赠送我初生的茅草。牧，城邑的远郊。归，通"馈"，赠送。
洵美且异	确实美好而且与众不同。洵，诚然，实在。
匪女之为美	并非你这荑草美。匪，同"非"，表示否定判断。

很羡慕这个年轻的牧羊女。

她赶着一群雪球似的小白羊，沿着山坡，向着青草更深处漫游。彼时，天空湛蓝，云朵绵软，春风荡漾，衬得她跟棵初生的植物一般，新鲜、纯洁。"静女其姝""静女其娈"，说的都是她的美好。

这样的好姑娘，我在呼伦贝尔草原见过。茫茫的大草原，一望无际，青青的草一路跑啊跑啊，一直跑到天上去了。放牧的姑娘坐在山坡上，脸蛋儿圆鼓鼓红彤彤的。她手执牧鞭，轻轻挥着，赶着绕着她飞的蝇虫。她的身旁，散落着一群洁白的小羊，像从草地上长出来的白蘑菇。

她见有人至，抬眼笑望，话语不多，但句句都透着朴实的欢喜。她说，等到春天，这满山坡的野玫瑰都开了，可好看呢。

我有些发愣地看着她。来年的春天，当煦风吹向这块大地，满山坡的野玫瑰争相怒放，她的身影，掩映在野玫瑰丛里，该是何等的美好！哦，那样的景象，不能想。想一想，就叫人醉了。

我们还是来看看这里的这个牧羊女吧。天高地阔，青青的草一路跑着，也跑到天上去了吧？她在草地上徜徉，她的身旁，跟着她的羊。羊吃草的时候，她干吗呢？她吹笛子呢。手里一支红色管笛，材质是家常的竹子吧，用茜草染红了。在这支管笛上，她还细细系上一根红色丝带，经阳光一照，丝带闪闪发光。她安坐在山坡上，一边看着她的羊吃草，一边吹笛子。千顷草，一笛风，半坡阳光，真是惬意极了。

是谁被这幅美妙的景象吸引住了？一声惊叹的"啊"字在空中回旋。姑娘惊回头，年轻的眸子，相遇了年轻的眸子。姑娘展颜一笑，那边的一颗心立即激荡不已。是年轻的王洛宾相遇漂亮的卓玛，被卓玛轻轻一鞭子，就抽出一辈子的念想："我愿抛弃了财产，跟她去放羊……我愿做一只小羊，跟在她身旁。我愿她拿着细细的皮鞭，不断轻轻打在我身上。"从此，美丽的大草原，美丽的卓玛，成为年轻人的向往。

这里的牧羊女，她有没有扬起她的鞭子呢？不知。我们知道的是，不多久，她就把她心爱的笛子，送给遇见的这个青年了。青年陡地被爱撞了腰，他幸福得找不着北了：

静女其娈，贻我彤管。

>　　彤管有炜，说怿女美。

　　——温婉的好姑娘，实在太美好了，她把她的笛子送给我。这是多么光泽耀眼的一支笛子啊！哎呀，其实，不是笛子你有多耀眼，而是因为你是亲爱的好姑娘亲手所赠，才使我十分地愉悦啊。

　　天空依然蓝着，云朵依然白着，草坡依然绿着。一段牧歌式的爱情，却悄悄地，铺展开来。姑娘大胆表达爱意，约青年第二天黄昏在城门口见。

　　时间真是漫长，天总也不黑下来。青年早早来到城门口，他不住地朝着姑娘放牧的方向眺望着，却总也望不见那可爱的身影：

>　　爱而不见，搔首踟蹰。

　　姑娘好俏皮呀，她其实也早就到了，但她故意不现身，而是躲到一旁偷看。她看着青年着急眺望，看着他不安地来回走动，看着他不时伸手挠一下头，那样子真逗。哈哈，姑娘捂着嘴偷乐。

　　姑娘从隐蔽处跳了出来，青年满心的焦急，都化作巨大的欢喜。这次姑娘又送他礼物了，这礼物普通得不得了，是一棵初生的白茅。青年喜滋滋收下，珍重地藏于怀中：

>　　自牧归荑，洵美且异。
>　　匪女之为美，美人之贻。

青年自然知道这棵茅草的普通，它就是姑娘放牧的山坡上万千棵茅草中的一棵。可现在，此茅草已非彼茅草了，因为它上面留着姑娘的体温和气息呢，它非比寻常了。他忍不住夸，这实在是棵美好得不得了的茅草啊。只是当他独自对着茅草时，终于说了大实话，哎呀，茅草呀，其实不是你有多美，盖因你是我心爱的姑娘所赠啊。

我感动于这棵茅草，这棵爱情的茅草。他会一直收藏着它吧？无论今后他们在不在一起，这份真挚纯洁的感情，都将是他们一生中最美的记忆。这样的爱情信物，在我们最青葱的年纪里，也曾遇到过，它或许只是一枚树叶；或许只是一朵小野花；或许只是一个贝壳；或许只是一粒小石子。它寻常得无有重量，然又珍贵得价值连城。因为它是属于爱情的。可惜，这样的纯真，离现在的我们越来越远，远得我们再也找寻不见。

还是让我们一起，沉浸在这样一段牧歌式的爱情中，静静地，回忆或者向往。让我们早已干涸的心灵，奢侈地享受一次，天籁般的抚慰。

葛覃

葛之覃兮，施于中谷，维叶萋萋。
黄鸟于飞，集于灌木，其鸣喈喈。

葛之覃兮，施于中谷，维叶莫莫。
是刈是濩，为絺为绤，服之无斁。

言告师氏，言告言归。
薄污我私，薄浣我衣。
害浣害否，归宁父母。

——《国风·周南·葛覃》

《毛诗品物图考·葛之覃兮》

注释

葛	蔓生植物，今名葛藤，藤条纤维可以纺织成布，为衣服、鞋子布料，根块可以提炼葛粉，嫩叶可食。
覃	蔓延。
施	柔曲婀娜之貌。
中谷	同"谷中"，山谷之中。
维	指代词，其。
萋萋	茂盛的样子。
黄鸟	黄雀，又称"黄栗留"，身体很小，栖于山地平原，冬天在山隅或林间避寒，以裸子植物种子为食，也食昆虫。
集	落。
喈喈	鸟鸣声。
莫莫	茂密的样子。
刈	割。
濩	煮。
絺	细葛布。
绤	粗葛布。
无斁	不厌烦。
言	连词，于是。一说发语词。
师氏	教导妇道的保姆。一说女师。
告	告诉公婆和丈夫。
归	回娘家。
薄	与动词放在一起，有"赶快做什么"的意思。
污	搓揉着洗。
私	贴身内衣。
浣	洗涤。
衣	指外衣。

害　　何。

归宁　　出嫁女子回娘家探视父母。

　　我小的时候，我奶奶曾手把手教我做针线活儿。她做针线活儿是一把好手，破衣服到了她手里，她一番缝补修整，收拾得就像一件崭新的衣服。她会绣花，在枕巾上绣，在鞋头上绣，绣出来的花鲜活鲜活的。我的手却笨得很，她怎么教也教不会。我奶奶就认认真真叹气说，你这丫头，将来怕是嫁不出去了。在她看来，女人少了这一项技能，就少了足以傍身的资本。我当时也是认认真真地担着心，一个女孩子家家的，不会针线活儿，那怎么成？谁知道时代飞速发展，待我长大成人后，物质产品已丰富到女人根本不需动针线了。女人的地位也有了翻天覆地的变化，可以和男人并肩而行了。

　　我奶奶那一辈的女人，从小接受的教育就是女子无才便是德。才华对女子来说，可有可无，妇德却不能有亏。这妇德涵盖的内容可多了，什么守贞洁呀，擅长女红呀，会操持家务呀，孝顺父母和公婆呀，对丈夫言听计从呀……我奶奶迈着裹成粽子样的一双小脚，细细碎碎地走路，严格遵循着古训，她并不觉得这对她有什么不公。

　　当我看到周朝的这个姑娘，规规矩矩地在接受女师培训时，我莫名地有些难过。千百年来，多少姑娘囿于所谓的"妇德"中，做着被扭曲的那个自己，且是心甘情愿的。这"心甘情愿"，才真正叫人无语。

这是个贵族姑娘吧？那个年代，贵族姑娘还真不好做，她要嫁到高门大户去，有的还会成为后妃。这就要求她必须是完美的，是要做全国姑娘表率的，在妇德、妇言、妇容、妇功几方面，她都要执行得最标准，走在全体姑娘的最前列。

这不，这个贵族姑娘在出嫁前三个月，离开了家，被送往妇德培训点，由国家委派的女师对她进行专门的培训。这次培训的重点内容是考察她的妇功。她完成得似乎不错。她先是独自去往深山里采割葛藤。那里的风景真迷人：

> 葛之覃兮，施于中谷，维叶萋萋。
> 黄鸟于飞，集于灌木，其鸣喈喈。

山谷里，到处蔓延着青青的葛藤，萋萋复萋萋。灌木丛中，小小的黄鸟飞进飞出，它们集结在一起，喈喈鸣唱，婉转悠扬。

姑娘可不是来赏景的，她要采割下那些葛藤呢。这活儿远不是在山谷里听黄鸟鸣啭那么轻松，葛藤采割下来，要捆扎好，扛回去，这一系列活儿，都得她单独完成。她身上被灌木划了多少道血痕了？她手上有没有被砍刀砍伤？不得而知。

她最终，平平安安归来了。

接下来，她还有更艰巨更复杂的活计要做：

《诗经名物图解·葛》

> 是刈是濩，为絺为绤，服之无斁。

扛回来的葛藤，要用刀一根一根划割开来，然后用大锅煮，抽出里面的纤维。细的纤维织成细麻布，粗的纤维就织成粗麻布。也不知这姑娘开了多少夜工，终于把布织好了。这还没有完呢，她还要把它们缝制成合适的衣裳。这姑娘的手看来巧得很，她缝制出的衣裳实在合身又漂亮，让人百穿不厌。

姑娘顺利通过了考核。她趁着女师高兴，大着胆子向女师告假。离开家门好些天了，她真想家啊，她想回去看看父母。女师没有为难她，准了她的假。她心花怒放，赶紧"薄污我私，薄浣我衣"。这是干吗呢？她收拾自己呢。她把自己从里到外都清洗了一遍，内衣啊，外衣啊，都收拾得喷喷香的，她要做到最好，她不想让父母担心。

不用猜，这个姑娘最后的结局，大抵离不开三尺屋檐、一尺锅台，她谨言慎行，一辈子做着她的好女人，她是贤妻良母的典范，她的美德被时人嘉许和称道。她幸福吗？也许。只是她永远不知道，世纪转过了一轮又一轮，到今天，她的天地已不止于屋檐，还有远方和诗，她本来拥有无数发展的可能。

桑中

爰采唐矣?沬之乡矣。云谁之思?美孟姜矣。期我乎桑中,要我乎上宫,送我乎淇之上矣。

爰采麦矣?沬之北矣。云谁之思?美孟弋矣。期我乎桑中,要我乎上宫,送我乎淇之上矣。

爰采葑矣?沬之东矣。云谁之思?美孟庸矣。期我乎桑中,要我乎上宫,送我乎淇之上矣。

——《国风·鄘风·桑中》

注释

爰　　在什么地方。

唐　　蔓生植物，女萝，俗称菟丝子。可为菜蔬，也可入药。

沬　　地名，春秋时卫邑，殷商旧都故地，即牧野，在今河南淇县境内。

云　　句首语助词。

孟姜　姜姓大姑娘。

期　　约定。

桑中　卫国地名，亦名桑间，在今河南滑县东北。一说指桑树林中。

要　　通"邀"，邀请，约请。

上宫　古代称庙为宫，或即高禖庙，内有掌管生育的女神，为古代男女相会之所。一说为高楼。

淇　　水名，在今河南境内，流入卫河。

弋　　古代贵族姓，字当作"妖"。

葑　　芜菁。

庸　　古代贵族姓。

　　我以为，这是一首情歌。不定是谁唱的，不定是唱给谁听的。就像陕北的信天游。就像广西壮族的山歌。谁都可以吼上一嗓子，男的，女的，老的，少的。高兴了，烦闷了，忧伤了，疲倦了……张开嘴就来一句："云谁之思？美孟姜矣。"——哪个是我心心念着的人儿呀，就是那个漂亮的姜家大姑娘啊。至于那姑娘到底有多漂亮，大伙儿想象去吧。唱的人只管把胸腔里积蓄的气儿，一股脑儿掏出来。纵使活得再难，因这一吼，也有了片刻的欢愉。

　　何况它是如此的美妙？歌里有姑娘水灵灵，歌里有爱情水灵灵。

唱它的，必是个汉子吧。现实里，他活得并不如意，穷家穷日子守着，生活维艰，想娶上一门媳妇也难。或许在垦荒的时候，他也曾邂逅过一个放牧的姑娘，彼此产生好感，私底下相许终身。却奈何现实是那么残酷，门不当户不对的，姑娘的父母强烈反对，终导致他们怅然分手。再思念，只能遥相望，就像信天游里唱的："一个在那山上，一个在沟，咱们拉不上话话招一招手。瞭的见那村村瞭不见人，泪蛋蛋抛在沙蒿蒿林。"

他的泪蛋蛋，抛在哪里？

他采唐采麦采葑，日日辛苦劳作着，汗水湿了身，泪水湿了心。最难的不是这个，而是心灵的孤寂。于是，他有事没事的，会对着数不尽的山山沟沟，吼上一首《桑中》，焐焐自己凉了的心窝。

歌里，他是幸运的情哥哥。"爱采唐矣？沫之乡矣"，我到哪里去割菟丝子呢？我就到沫邑的野外去。割菟丝子和后面的割麦子割芜菁，都是为生活计。在歌里，却看不出沉重来，只有轻盈。野外天阔地阔的，最适合放飞情思了，所以，他念着姜家的大姑娘。那姑娘对他真叫有情有义——"期我乎桑中，要我乎上宫，送我乎淇之上矣"。

天哪，桃花运来了挡也挡不住，他遇到一个多么热情多么大胆多么率真的姑娘啊！姑娘不仅约他在桑树林中见了面，还邀请他到上宫楼上去。楼前有月，只含羞不语。姑娘一声情哥哥，一定叫得他心儿绵软，像泡在蜜罐里。相聚时光，寸寸都闪着金粉的光芒。情话说到嘴发麻，这还没完呢，分别时，姑娘竟亲自把他送到淇水口岸，依依不舍。

　　还有弋家大姑娘，还有庸家大姑娘，都是美丽多情的好姑娘啊。这个在现实里活得卑微又渺小的汉子，他虚构着那些美丽的姑娘，他虚构着一场又一场艳遇，他陶醉在那些爱情里。人世间再多的不幸与不公，都不在话下了。他会活着，好好地活着，如岩缝中的草，如山沟沟里的树，顽强而努力。

　　想起那年我去陇西，赶马车的大爷，六七十岁了，脸上的皱纹，像一道道山沟沟密布。他突然一甩鞭子，扯开嗓子，对着光秃秃的山梁，唱起了他们那地方的花儿来：山丹丹花开刺玫瑰长，马莲花开到哈那个路上，我这里牵你那里想，热身子挨不到那个肉肉上……

　　他那厢唱得忘情，我这厢听得泪下。你看，人生至老，那一腔的情，总还在的。或许他从不曾拥有过，但他可以想念、热爱与向往，用他毕生的热情。

《毛诗品物图考·降观于桑》

芄兰

芄兰之支，童子佩觿。
虽则佩觿，能不我知。
容兮遂兮，垂带悸兮。

芄兰之叶，童子佩韘。
虽则佩韘，能不我甲。
容兮遂兮，垂带悸兮。

——《国风·卫风·芄兰》

注释

芄兰 又称萝藦、雀瓢，一种多年生草质藤本植物。茎顶结有尖荚，俗名羊犄角，嫩者可食。因荚与觿相似，所以用来比喻"佩觿"。

支 同"枝"。

童子 小孩子。

觿	用象骨制成的小锥。古代贵族成年人的佩饰，用来解衣带上的结，俗称解结椎。
能	乃，而。
容兮遂兮，垂带悸兮	形容"童子"穿戴成年男子衣饰的架势。容，佩刀，或解为仪容。遂，佩玉，或解为老成貌。悸，本为心动。这里形容衣带下垂、摇摆貌。
韘	用玉或骨制成的扳指，套于右手拇指上，射箭时用以勾弦拉弓。
甲	同"狎"，亲昵。

很有点儿小意外，贱贱的野生植物癞疙宝桃，在《诗经》年代，竟有这么一个动听的名字：芄兰。

我们都叫它癞疙宝桃的。

癞疙宝就是癞蛤蟆。因芄兰的果实外面，有着许多类似于癞蛤蟆的疙瘩，故得此名。

它还有学名叫萝藦。我磕破脑袋也想不出，它怎么叫了这么一个生僻的名字，好似要打坐念佛。奶浆藤或是婆婆针线包等民间叫法，倒是又形象又生动的。它的枝叶碰断，确有类似于奶浆的乳汁流出，沾到手上衣上，极难洗去。它的果实，倒垂如锥形，形似老婆婆的针线包。

我们会寻了它的果，摘下来，当沙包丢着玩儿。或者扯出它果实里面的白绒毛，捻着玩儿。乡下孩子从来不缺少玩具，到野地里去，要多少有多少。

这里的少年，和他的小伙伴们，也一定没少玩儿过癞疙宝桃吧。

他们摘了它当线锤子使呢，还是互相投掷着玩儿？

日子对于少年来说，总是缓慢得似蜗牛。他们像花枝上打着的小花苞苞，踮着脚尖，拼命地朝着春风里张着，急切地想盛开。开呀，开呀，我要开呀！

张爱玲在六七岁时，等不及要长大，急急宣称："八岁我要梳爱司头，十岁我要穿高跟鞋，十六岁我可以吃粽子汤团，吃一切难以消化的东西。"

每个小孩，怕是都有过这样的急切。未知的世界那么多，只有长大了，才有可能去消受，去探测。于是乎，盼着长大，恨不得一夜之间，就长成大人的模样。

我小时也是。家里来了南京城的贵客——表姨姐辉，辉那个时候十八九岁的样子，穿一件白底子小红圆点子的连衣裙，奶油似的皮肤，光洁照人，看上去又华贵又优雅。我奶奶搬出家里所有好吃的招待她。叫我意外的是，奶奶竟让我坐一旁作陪。我激动得心都要蹦出胸口了，要知道，那时家里来了客人，或去别人家做客，我们小孩是从来没有资格坐上席位的。我立即变得庄重庄严起来，感觉自己是被当作大人看待的，举止里，有了矜持，尽量学着大人的做派，面对喜欢的点心，浅尝辄止。门口围着看热闹的小伙伴，我只视而不见，端着我的"成人"的架子。

我也偷试过小姑的高跟鞋，偷抹过母亲的胭脂，小小的心里对成年，真是百般地向往。

这里的这个小少年，也不过是这样，迫不及待想长大。他偷偷换上

《诗经名物图解·苇/芄兰》

  父亲的或是哥哥们的成人装束，在身上佩上角锥，在指上戴上扳指，模仿着大人，雍容安详地走路，对跟在身后的小伙伴们，看都不看一眼了。

  这让他的小伙伴们不乐意了，昨天他们还在一起采摘癞疙宝桃互掷着玩儿来的，今天他就一本正经起来。里面有个跟他玩儿得最好的小姑娘，最是气愤不过他的装模作样。他们从小一块儿玩儿着，对他知根知底着呢。小姑娘泼辣得很，嘴巴也不饶人，她指着他的鼻子冷笑起来：

> 虽则佩觿，能不我知。
> 容兮遂兮，垂带悸兮。
>
> 虽则佩韘，能不我甲。
> 容兮遂兮，垂带悸兮。

——咔，你这个丢人现眼的！虽说你身上佩上了角锥，你就不认识我是哪个了？你看看你，挂着根腰带，走路都还没走稳呢，哪有大人们沉稳的样子！虽说你指上戴上了扳指，难道就不能同我们一起玩儿了？看你那装腔作势的模样，挂着根腰带，一摇一晃的，我都替你臊得慌。

有人把这解读成少男少女早恋，说少女这是在打情骂俏着。今人高亨《诗经今注》认为，这是刺童子早婚。我却只读出纯美时光，一段少年趣事。

想起一首德国歌曲 *Kleine Kinder, Kleine Sorgen*（《小小少年》），曾被翻译成中文广泛传唱：

> 小小少年，很少烦恼，眼望四周阳光照。小小少年，很少烦恼，但愿永远这样好……

真希望，这样的少年时光能够长一些，再长一些，永远这样光鲜明亮。

狡童

彼狡童兮，不与我言兮。
维子之故，使我不能餐兮！

彼狡童兮，不与我食兮。
维子之故，使我不能息兮！

——《国风·郑风·狡童》

注释

狡　　狡黠的年轻人。骂人的话，犹言家伙、小子。在此为亲昵之称。

维子　有解为维兹，即为此。或可解为，因为你。维，惟，因为。

不能息　不能呼吸，憋闷、不能安歇。息，呼吸。

《红楼梦》里的黛玉，是个会使小性子的。

话说这一天，黛玉去怡红院见宝玉，守门的丫头晴雯因刚和丫头碧痕拌了嘴，正没好气着，没听出黛玉的声音，让黛玉吃了闭门羹。黛玉心里那个气呀，不分青红皂白，就把这笔账全记在宝玉头上了，自个儿想东想西抛洒了好一阵子的泪。第二天，宝玉过来寻她，她只当宝玉是空气，任凭宝玉又打躬又作揖的，她硬是没搭理宝玉。弄得宝玉丈二和尚摸不着头，不知哪儿把她给得罪了。后来，黛玉为躲宝玉，荷把花锄去葬花，一边葬花一边数落着，哭得好不伤心，把一旁的宝玉听得痴倒了。

这都咋回事呢！在常人看来，这简直是没事找事嘛。不过是个小误会，犯得着这样么！

可是，在她，这绝不是件小事，而是件天大的事。只因为，她太在乎他了。

爱情中的男女，都容易这么生着小误会闹闹小别扭，他们太害怕失去对方了！害怕不被对方全身心地爱着，时时如一只敏感的猫似的，稍稍的风吹草动，也要让他（她）心生警惕，竖起耳朵，胡思乱想一通。

《狡童》中的这一对，到底发生什么误会了？不知。他这次似乎真的生了她的气，居然不肯跟她说话了，不肯跟她一起吃饭了。天哪，这问题太严重了，在她，是天塌地陷哪！

姑娘又紧张又难过，她饭也吃不下，觉也睡不好了，成天陷在悲苦里不得安宁，眼泪成串成串流。她逢人便倾诉：

彼狡童兮，不与我言兮。
彼狡童兮，不与我食兮。

——我那个漂亮的坏小子，他不肯跟我说话了。
——我那个漂亮的坏小子，他不肯跟我一起吃饭了。

你如果当真去安慰她，陪着她悲，那你可就傻了。人家要的不是安慰，人家只是想倾诉。你做个安静的听众便好了。不要担心，如果他不是犯了原则性的错，她多半会原谅他。用不了多久，他们又会和好如初。

我有一小闺蜜。这小闺蜜是一小学老师，人长得靓丽，追求者众。在众多的追求者中，一开出租车的小伙子，脱颖而出，把她追到手。能把骄傲如小天鹅的她追到手，不费一番功夫当然是不行的。小伙子为此花的功夫可不小，频繁地送花送礼物，那是不消说的。他还天天守在她的校门口，接送她上下班。一次，她出差去外地，离家上千里。晚上，她办完事回宾馆，竟意外看到小伙子如神降般的，站在她入住的宾馆门口，笑眯眯地等着她。她彻底地被俘虏了。

可是，等恋爱关系确定后，他变得没那么殷勤了。不再是她招一招小手，就能立马出现在她跟前的他了。也不是她一个电话，就能飞奔而来的他了。他有他的生活圈子，有他的事要做，不能时时围着她。我的小闺蜜不适应了，她三天两头跟他闹别扭，针鼻子大的事，她也会看得比天还要大。可怜他常常被她弄得一头雾水，不知自己做错了什么。

有一次，我的小闺蜜又闹将开来。他负气不再找她。一天，两天，三天，小闺蜜坐不住了。那几天，眼见着她消瘦，眼窝窝里，随时都蓄着泪。不能提及他，一提及，那泪，就哗啦啦直往下淌。她一会儿发着狠，不要与他好了，不要与他好了。一会儿又自怨自怜，都是因为他，我这几天吃也吃不下，睡也睡不着啊。

我起初还试图劝慰。但次数多了，我早已见多不怪，只拿耳朵听着就是了，最多在适当的时候，给她递递面巾纸。

没几日，在街上遇见他们，他们又是一副郎情妾意恩爱甜蜜的好模样了。

小闺蜜如今已安稳在她的婚姻里，嫁的就是开出租车的那个小伙子。我去看她，她一手抱着小孩，一手把他换下的脏衣裳，扔进洗衣机里。从前的眼泪和小误会，不过是送给恋爱的纪念品。因为那样，恋爱才变得有滋有味，也才有了一点儿荡气回肠的意思。

东门之杨

东门之杨,其叶牂牂。
昏以为期,明星煌煌。

东门之杨,其叶肺肺。
昏以为期,明星晢晢。

——《国风·陈风·东门之杨》

注释

牂牂	风吹树叶的响声。一说枝叶茂盛的样子。
昏	黄昏。
期	约定的时间。
明星	明亮的星星。一说指启明星。
煌煌	明亮的样子。
肺肺	树叶的响声。
晢晢	明亮。

他和她约定了，黄昏时，在东门口的那棵杨树下见。

是初次约会的吧？

他是早就喜欢上她的。

追求姑娘的过程，不那么容易。好在姑娘终于松口了，这不，答应跟他约会呢。

可以想见，他是多么地欣喜若狂。从早起就坐立不安，眼巴巴地等着黄昏降临。约会的准备，是早早做好了的，身上穿的衣服鞋袜，无一不是干净整洁的。他还挖空心思地，给姑娘备了一份礼物。

喜欢一个人，是有着这样的紧张的，生怕哪里做得不好，而生生错过了她。

我的同事小罗喜欢上一个女孩子。头一次跟女孩子约会，小罗紧张得如临大敌。他请我们撮了一顿，饭桌上，他很郑重地拜托大家帮他献计献策，向我们讨教如何才能给女孩子留下好印象。从梳理什么样的发型，到穿什么颜色的衣服，搭配什么颜色的鞋子，带什么样的礼物，说什么样的话，一一考虑到了，事无巨细。

那天，小罗得到一张清单，单子上密密麻麻的，都是我们给的建议。有同事恶作剧地出主意，约会前嘴里含块奶片，以保持唇齿留香。小罗竟也认真地照办。当然，小罗最后约会成功了。不久后，他们就举办了婚宴。婚宴上，同事们拿这当笑料，很是取笑了他一番。

这里的这个青年，好像没有我们小罗的好运气。

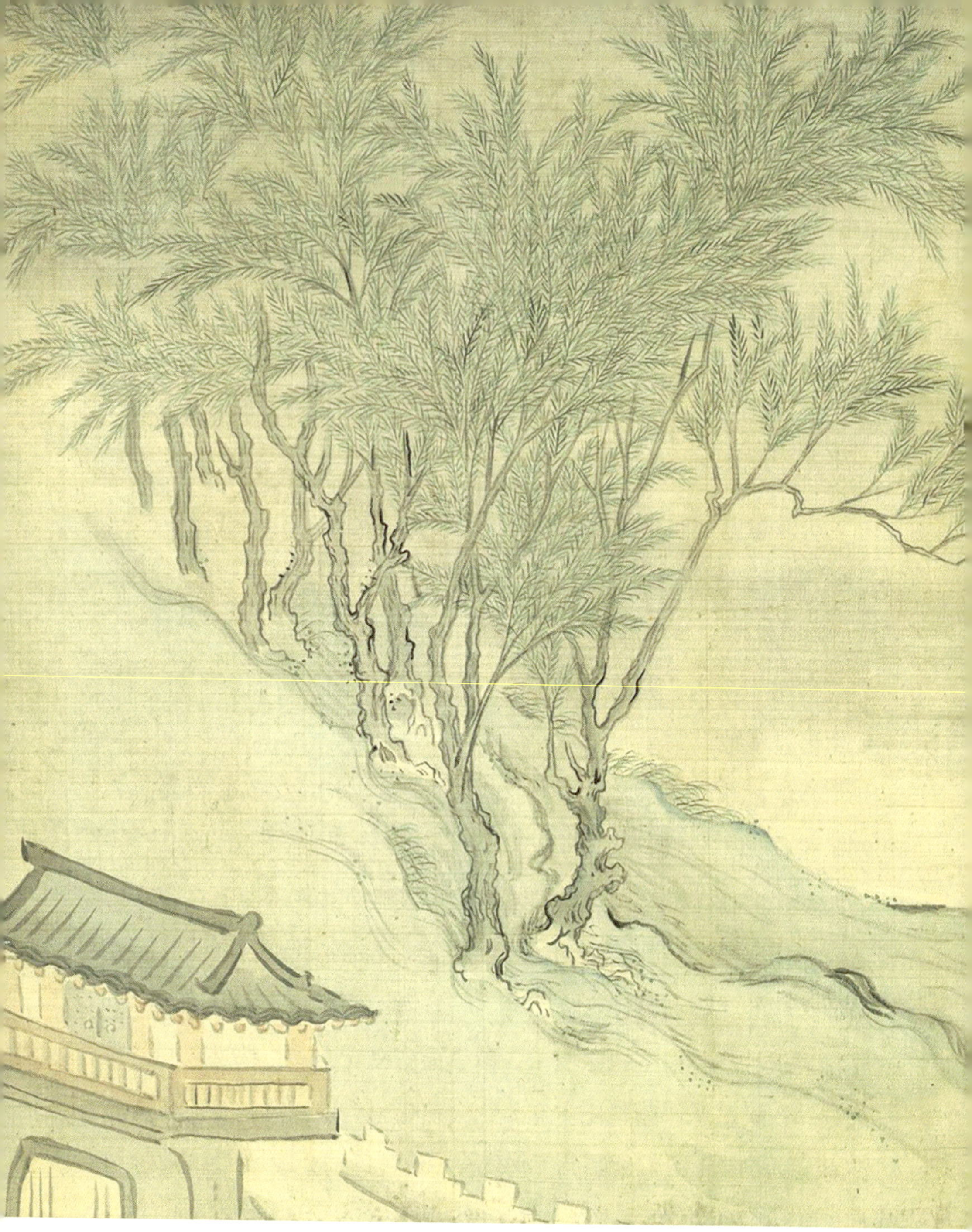

《临马和之陈风图册·东门之杨》 [清]萧云从

第四辑 东门之杨

黄昏还没到呢，他就跑到东门外的杨树下了。他一会儿看树，杨树可真高大茂密啊。他一会儿看天，天空可真高远啊。他心里涨满喜悦和幸福：

> 东门之杨，其叶牂牂。

往常见惯的这些寻常之景，听惯的这些寻常之声，这会儿，在这个青年的眼睛里、耳朵里，都有着无限好意。天也是好的，地也是好的，风也是好的，树也是好的，无一不是好的。

听，一阵风来，头顶上的杨树叶，哗啦啦地在唱着歌。

青年的心，也欢快地唱起歌来，他马上就要见到亲爱的姑娘了！

夕照的影子，慢慢儿移过一片杨树叶，再移过一片杨树叶。终于，最后一道光芒，像鸟的尾巴划过，不见了。刚刚还披着金光的杨树们，渐渐地，成一团一团的暗影了。天黑下来，只有风还在不停地吹，吹得树叶哗啦啦。

他等的姑娘没有来。

星星们布满天空，东门外再不见行人。只有他和他的影子在徘徊，姑娘没有来。

风还在吹啊吹啊，吹得杨树的叶子，哗啦啦，哗啦啦。

真恨不得拽住他，大喝一声，傻瓜，你还是回家去吧，你要等的人，她今天是不会来了。

可青年哪里听得进去劝告！他坚信她会来的。他要一直等下去，直到把她等来。

那一夜，真是漫长啊。夜露降了。星星们坠落了。风吹了一夜。杨树叶子跟着哗啦啦唱了一夜的歌。姑娘没有来。

直到"明星煌煌""明星皙皙"。哦，天快破晓了，只剩启明星在一闪一闪。姑娘还是没有来。

青年还站在那里，等着，等着。白杨知道他的心。

真替他捏一把汗，姑娘要是永远不来，他是不是要永远等下去？

《庄子·盗跖》中，记载了这样一个故事：

尾生与女子期于梁（桥）下，女子不来，水至不去，抱梁柱而死。

青年尾生，与一个女子相约于桥下相见。尾生等在那里，女子却始终未曾出现。不幸的是，河水突然暴涨，尾生却执意不肯离去，最后抱柱溺毙。

尾生因此成了痴情和信守承诺的典范。历代的人对他颇多赞美。我却不以为然，爱情很迷人，但有时也得把握好分寸，不然，反倒误了卿卿性命。连性命都没了，你还拿什么去爱？

所以，我希望《东门之杨》中的这个青年，可以痴情，但不要太过于执念。留得青山在，不怕没柴烧，他不要做出像尾生那样的傻事来才好。

第五辑 我行其野

不管在什么样艰难的社会里,
总有一些不屈服的灵魂的。
这就如同在陡峭的山崖上,
也有花朵从石缝中探出头来,
笑得一脸灿烂。

言采其遂

傳遂惡菜也箋遂牛蘈也亦仲春時可采也集傳令人謂之羊蹄菜

我行其野

我行其野，蔽芾其樗。
昏姻之故，言就尔居。
尔不我畜，复我邦家。

我行其野，言采其蓫。
昏姻之故，言就尔宿。
尔不我畜，言归斯复。

我行其野，言采其葍。
不思旧姻，求尔新特。
成不以富，亦祗以异。

——《小雅·祈父之什·我行其野》

注释

蔽芾	树叶茂密貌。
樗	臭椿树，不材之木，喻所托非人。
言	乃。
尔不我畜	指你不好好地善待我。畜，喜爱。一说"养"。
复	返回。
蓫	《毛传》："恶菜也。"草名，俗名羊蹄菜，嫩叶可食，但味苦，多吃下痢，所以被视恶菜。
宿	与上面"居"字同义。
言、斯	皆语助词。
归	指大归，即妇女被休归母家。
葍	又名小旋花、喇叭花。根可食，但久食则头晕破腹。也是恶菜的一种。
旧姻	旧日婚姻。
求尔新特	转而追求你的新欢。特，配偶。
成不以富	确实不是因为你的新欢更富有。成，"诚"之借，确实。
亦祇以异	只是因为你变心了。祇，只。异，异心。

一个人要是能决定自己的出身就好了。那么，这个贵族女子当不会选择生在富贵之家，她情愿去那小门小户，过清苦的日子，身心却是自由的，生命会像野花一样怒放。她的人生也绝对不会被拘着，如牵线的木偶般的，对外界所赋予她的一切，只能全盘接纳，无力反抗。

比如，一场婚姻。

她的婚姻，自然由不得她做主，父母之命，媒妁之言，这是铁定的规矩。她若是小户人家的姑娘，野地里多的是活泼的爱情，她总有机会抓住一个。可她没有这样的自由，她的言行举止都要符合她的贵族身份，妇德、妇言、妇容、妇功，对她而言，哪一样都要做到最好，让人无可挑剔。

这样的出身，就是一道枷锁，她被锁在其中，挣扎不得。她也不知挣扎。

最终，她被"培养"成出色的德行高洁的好姑娘。

她听话地乖乖出嫁了。

所嫁之人是父母选定的，门当户对的。婚礼的规格是高等的，宾客盈门。她的嫁妆也是可观的，十里红妆。婚礼之上，钟鼓齐鸣，吹吹打打，好生热闹。

酒尽人散，她回到现实里，做了一个陌生男人的妻。想来她应该很快进入妻子这个角色中，守着妻子的本分，操持着妻子该操持的一切事务。这一点，是毋庸置疑的。可是，男人似乎对她并不满意，他具体对她做了些什么，是打她了？骂她了？饿她饭了？或者干脆冷落她，让她如同深居冷宫？我们不得而知。我们知道的是，她这么一个严格按照妇德的最高标准培养出来的女子，最后都选择愤然离开，纵然要独自跋涉百里千里，她也要回到她的故土去，可见得他伤她有多重。

兔子急了还咬人呢，她实在是，忍无可忍了呀。

于是，我们看到一个结满愁怨的女子，孑然走在荒郊野外：

> 我行其野，蔽芾其樗。
> 我行其野，言采其蓫。
> 我行其野，言采其葍。

仲春天气，本是多明媚啊，可她的眼中，没有明媚。一路走来，所遇景象，皆是笼着愁怨的。一棵棵臭椿树，枝叶多么茂密。羊蹄菜和小旋花，也是一片萋萋茵茵。这几种植物，都被人们视为"恶菜"，虽是嫩叶嫩苗可食，但味道并不甘美，不到万不得已，人们是不会采摘它们吃的。她看到一些人在采摘，心里更添悲伤，活着都不易啊。她联想到自己的悲剧，有了自我觉醒的成分：

> 昏姻之故，言就尔居。
> 昏姻之故，言就尔宿。

——如果不是按照指定的婚姻走，我怎么可能跟你生活在一起？她没有想到，这场婚姻对她的不公平，也是对男方的不公平。两家联姻，都是双方父母说了算，男人也是没得选择娶的她。但婚后，两个人并没有共同语言，这才导致婚姻破裂。她没有怨恨礼法制度的不公，而是执念于他的"尔不我畜"——你没有好好善待我。千般委屈万般怨恨，都在这一句里了。

她的怨恨是有理由的，我并没有对不起你的地方，只有你对不起我：

蓬

《诗经名物图解·蓬》

葍

《诗经名物图解·葍》

第五辑　我行其野

> 不思旧姻，求尔新特。
> 成不以富，亦祇以异。

原来啊，他的绝情在这里，他根本不顾及他们的一纸婚书，另娶新人进门。而这个新人所带来的嫁妆，并不比她当初嫁来时的多，新人的家里，也不及她家富有。这才是伤她最深的——他变心了。

她或许永远也不会作这样的思考：他根本没爱过她，所以，谈不上变不变心。他勇敢了一回，挣脱了束缚，娶了一个他爱的女子进门，甚至不去考虑这个女子的身份、地位和财富的多少。他对她薄情到无情，这是要受到社会谴责的。因为按当时的礼法之制，凡嫁娶之礼，天子诸侯一娶不改。其大夫以下，其妻或死，或犯了七出之罪，容得更娶。非此亦不得更娶。这个男人不顾及嫁娶之礼，一意孤行，另娶妻室，一方面反映了当时礼法制度已崩，另一方面，也说明男人自我意识的觉醒，他要婚姻自由，余生，他要对自己的幸福负责。

真想这个女子也能这么勇敢一回，从无尽的怨恨中走出来，走向一片自由天地去，重起炉灶，重燃烟火，一日三餐，只为自己而活。

有这个可能吗？我信，有。不管在怎样艰难的社会情况里，总有一些不屈服的灵魂。这就如同在陡峭的山崖上，也有花朵从石缝中探出头来，笑得一脸灿烂。

隰有苌楚

隰有苌楚，猗傩其枝。
夭之沃沃，乐子之无知。

隰有苌楚，猗傩其华。
夭之沃沃，乐子之无家。

隰有苌楚，猗傩其实。
夭之沃沃，乐子之无室。

——《国风·桧风·隰有苌楚》

注释

隰 低湿的地方。
苌楚 又叫羊桃、猕猴桃等，攀援藤本植物，果实可食，富含维生素。
猗傩 义同"婀娜"，摇曳多姿的样子。
夭 屈伸的样子。

沃沃	形容枝叶润泽的样子。
乐	喜。这里有羡慕之意。
子	指苌楚。
无家	没有家室。下面"无室"义同。

这里长着一株植物，一株叫羊桃的植物。

这里是哪儿呢？是隐蔽在山坡下面的一个低洼的地方。

这里偏僻，远离人烟。故而，这棵植物少有人发现。它一年一年的，自个儿抽枝长叶。自个儿开花结果。自个儿凋零。

别以为人家孤苦伶仃。人家才不呢，人家自由自在得不得了。风来时，它跟着起舞。雨来时，它忙着沐浴。夜里，它枕着星辰睡觉。清晨，它迎着朝阳苏醒。每一天的日升月落，从逃不过它的眼睛。季节的更替，它率先知道。它听得懂在它头顶上停留过的每一只鸟唱的歌。它认识每一只爬过它枝干的虫子。它无牵无挂，无欲无求，活得肆意潇洒又快乐。

它也认识一个人。这是个秘密。

那是个普普通通的中年男人，有些憔悴，有些忧伤。他时常跑来它的身旁坐上一会儿，喃喃对它说些话。然后拍拍屁股下的尘，爬上坡去，慢慢走远。他以为它听不懂他的话，事实上，它全懂。它只是不能开口告诉他罢了。

它还记得第一次见到这个男人时的情形。那是个阳光和暖的春天呢，它被暖风吹得痒痒的，开始着手在裸露的枝条上镶叶子。

一片两片三四片，六片七片八九片，它很快便在枝头镶满了嫩嫩的叶子，看上去，真是一派繁茂，生机勃勃。它很满意自己的样子，正歇着准备喘口气呢，就看到这个男人爬下坡来，惊喜地望着它，说了声，原来你在这里啊。

它心想，我可不一直在这里嘛。但它没说，只是摇了摇满枝头的叶子，叶子们沙沙沙地唱起歌。它用这种方式迎接了他。

男人坐到它身旁，有些迷醉地仰头看着它，后来不知怎的，竟长长地叹了口气。他伸手轻轻抚抚它的枝干，喃喃道：

隰有苌楚，猗傩其枝。
夭之沃沃，乐子之无知。

它起初有些不明所以，这么美好的春天，这个男人干吗叹气？等听懂了男人说的话，它有些生气了，哦，我长得鲜润茂盛，就代表我无知无识无心无肺？它居然还羡慕我的无心无肺！

不过，它很快原谅了男人。因为，他看到男人离去的背影，罩着几分惆怅。男人回头对它说，谢谢你啊羊桃，谢谢你听我说话，谢谢你陪了我这么久。

它的心里，开始有了期待，期待着男人再来。当一个人没有期待的时候，从不觉得时间漫长。对一株植物来说也是如此。当它有所期待，它头顶上的时间，就走得相当慢了。

羊桃在心里反驳，时间才不快呢，我可是孕育了大半年，才结出这些果实呢。

男人品尝了它的果实。男人脸上的线条放松了，显露出笑意，又伸手来抚它，一边抚，一边说：

> 隰有苌楚，猗傩其实。
> 夭之沃沃，乐子之无室。

它同意地点点头。是的，它独自拥有这片天地，枝叶繁不繁盛是它的事，结出多大的果实或结出多少果实也是它的事，它只要对自己负责就好，与旁的人旁的事统统无关。不像人类，总是背负太多的责任和义务，活得不轻松。

男人这次走的时候，心情好多了，他拥抱了它，并特地感谢它，说它是株善解人意的植物。

它知道男人还会来，它会等着。人都说，大自然是最好的疗伤师。它很高兴自己是大自然的一分子，很高兴自己是株善解人意的植物，做着男人的疗伤师。人类的世界，不如意事常八九，可与人言无二三。但在它以及别的草木跟前，人类总能轻易就打开心扉。它们对所有的秘密，都会守口如瓶。

我们每个人，最好都要拥有这样的一棵树，在疲累的时候，好去它的底下坐上一坐。那么，你芜杂的心，很快会变得澄清，你的身体里，会重新充满力量。

蟋 蟀

蟋蟀在堂,岁聿其莫。
今我不乐,日月其除。
无已大康,职思其居。
好乐无荒,良士瞿瞿。

蟋蟀在堂,岁聿其逝。
今我不乐,日月其迈。
无已大康,职思其外。
好乐无荒,良士蹶蹶。

蟋蟀在堂,役车其休。
今我不乐,日月其慆。

无已大康，职思其忧。
好乐无荒，良士休休。

——《国风·唐风·蟋蟀》

注释

堂	厅堂。
岁聿其莫	已到年终。聿，语助词，有"遂"的意思。莫，同"暮"，岁末。
乐	享受。
日月其除	美好的时光一去不返。除，去，结束。
无已大康	不要过于安乐。已，通"以"，用。大康，义同"泰康"，过分享乐。大，即太。
职	还要。
居	平素、平时。
好	喜好。
无荒	不要因沉溺享乐而耽误正事。
瞿瞿	有所顾忌的样子。这里有警惕之意。
逝	去。
迈	过去。
外	意外的事。
蹶蹶	勤恳敏捷的样子。
役车	行役和车马之事，概言一年的劳作。
休	停止。
慆	流逝。
休休	和乐的样子。

其实，这本不关蟋蟀啥事儿。

可是，它偏偏像根时钟的指针似的，拽着季节，一刻不停地走啊走啊，往那时光深深处去。它跑进堂屋了，人恍然惊觉，岁月忽已晚。

年轻人大抵是不在乎这个的，他们也留意不到这个。对他们来说，好光阴多得一把一把的，似乎永远也挥霍不完。上了年纪的人，突然听见蟋蟀，在堂屋的墙角落里虚弱地叫，就怕冷似的，要打一个冷战了，怎么一年又到头了？哦，"岁聿其莫"啊！

好快！不知不觉，秋已深，满地黄花堆积。

后世的词人蒋捷，在异乡的客船上，和着风雨，低声这般轻吟：

流光容易把人抛，红了樱桃，绿了芭蕉。

——樱桃红也红了，芭蕉绿也绿了，怕只怕，一回头，全是虚空。

这个时候，蒋词人已人过中年，羁旅不定，对时光的流逝，徒唤奈何。

人也只有到了一定年纪，才会生出如此的感叹吧。历经人世的繁华与寥落，终究明了，时间永远走在人的前头，我们永远也跑不过时间。

一些落花般的叹息，从日子深处浮上来。是祖母的。祖母坐在檐下拣菜。要过年了，我们小孩子多快乐啊，整天脚不沾地跑啊跳的。一会儿要过去问她一下，奶奶，还有多长时间过年呀？我们太热爱过年了，那代表我们有新衣穿，还有新鞋和新袜子，还可以吃大鱼和肉丸子，追着去看舞龙灯的挑花担的，走东家串西家地疯玩儿。

祖母不厌其烦地答，快了快了。我们转身快乐地叫，哦，快了快了。背后却传来祖母幽幽的叹息，祖母低喃道，日子咋过得这么快哪，咋又过年哪？年幼的心，怔一怔，哪里懂得祖母的叹息，只觉得不可思议，过年多好啊，祖母咋不高兴呢？那边有小伙伴在召唤，我们跑过去，随即把祖母的叹息给忘了。

对于小孩子来说，鲜嫩的时光，如青青的草，铺天盖地都是，是拔不完的。谁知道，不过一眨眼的工夫，童年过完了，少年过完了，青年过完了，举目镜中，早已人到中年。这时候，方才明白，祖母那些落花般的叹息里，一些时光的羽毛，散落在空中，抓不住的。

这里的这个老人，也是历经世事沧桑了吧？对，他应该是个老人，宽袖大袍，白发苍苍。岁月在他脸上，已然烙上深刻的印迹，横一条竖一条的皱纹，都是风霜雨雪给雕刻出来的。这日，他正在堂前坐着呢，蓦然听到屋子里传来蟋蟀的叫声，曜曜，曜曜曜，微弱的。他有些不相信地回头看，见到"蟋蟀在堂"了。他恍然一惊，啊呀，不知不觉中，竟"岁聿其逝"了呀。不是才过立秋吗，怎么就到大寒了？墙角处，静静摆放着他往日里驾着的牛车。

他驾着它,无数次往返在乡间路上,运种子运肥料,运粮又运草,忙个不休。辛苦一年了,这辆牛车也该歇歇了。

一丝伤感如小蛇似的,游啊游啊,游到他心里。回顾一生,喜忧参半。自己算是个勤劳节俭的人,一生勤勤恳恳,坚守着做人的本分,娶妻生子,积攒下不小的家业,也算对得起自己活过的人生了。然,总是有些小小的遗憾,年轻时,想做的事,没有去做。中年时,想去看的人,没有及时去看。也曾想过要走大山

《诗经名物图解·蟋蟀》

逛大河的,现在大抵也是做不了了。他好像活得有些小心翼翼,喝酒很少大口地喝,唱歌很少放开来唱,总以为时间还多着呢,谁知道一转眼,"日月其除""日月其迈""日月其慆"了。时光,真的禁不起消磨,一消一磨间,也就没了。

门前有年轻人三五成群地走过,他们是相约了去喝酒去跳舞的。他们朝他招招手,热情地邀请他一同去。他笑着应下了,赞许道:

今我不乐,日月其除。
今我不乐,日月其迈。
今我不乐,日月其慆。

——年轻人啊,你们做得对,就要及时行乐啊。时光可是条狡猾的小蛇呢,你稍不留意,它就要从你手里溜走啦,美好的时光将一去不返。

然而,话头一转,他又谆谆教导起来。因为按他的人生经验,沉溺于享乐,是容易丧志的。对年轻人来说,人生还长着呢,要警惕呀:

无已大康,职思其居。
好乐无荒,良士瞿瞿。

> 无已大康，职思其外。
> 好乐无荒，良士蹶蹶。
>
> 无已大康，职思其忧。
> 好乐无荒，良士休休。

到底是人老了，一遍一遍说，重重复复的，很有些絮叨了，不知那些年轻人有没有耐心听下来。他说，年轻人啊，你们也要警醒呀，切莫挥霍过度，要勤奋，要本分，要努力做好自己手头的事，要常怀远虑近忧，不要辜负了大好光阴哪。

怕是要等到一些年后，这些年轻人方才有切身体会，人生在世，唯有光阴不可负。

弘一大师在临终之际，留下绝笔"悲欣交集"四字。我以为，那是对光阴最好的诠释。他的前半生糊涂混沌，后半生明澈清亮。他应该心安了，他及时止损，没有负了光阴。

山有枢

山有枢，隰有榆。
子有衣裳，弗曳弗娄。
子有车马，弗驰弗驱。
宛其死矣，他人是愉。

山有栲，隰有杻。
子有廷内，弗洒弗扫。
子有钟鼓，弗鼓弗考。
宛其死矣，他人是保。

山有漆，隰有栗。
子有酒食，何不日鼓瑟！

且以喜乐，且以永日。
宛其死矣，他人入室。

——《国风·唐风·山有枢》

注释

枢	刺榆。
隰	低洼的地。
榆	白榆，落叶乔木。
弗曳弗娄	有好衣裳而不穿。曳，拖。娄，搂，在此与拖义同。古时衣裳拖地，需提着走。
宛	突然间。
愉	乐，享受。
栲	又叫山樗，俗称毛臭椿。
杻	又叫檍（yì），梓一类的树。
廷内	院内。延，通"庭"，院子。
鼓	敲击。
考	叩，击。
保	占有。
漆	漆树，其汁液可作涂料。
栗	栗子树。
鼓瑟	弹奏琴瑟。瑟，一种二十五弦的乐器。
永日	整日，终日。

《毛诗品物图考·山有枢》

我爸走后，最让我意难平的是，他竟留下二十万的存款。二十万，对于一个在土里刨食的老农民来说，每一个钢镚儿都闻得见血汗吧。而生前，他的日子过得极节俭，舍不得吃，舍不得穿，我每次见他，他都一副受苦受难的样子。搞得我心里很难受，每回都要给他钱，并帮他补充些所需物品。地里的活计他一点儿不肯落下，弄得又累又乏，我劝他，不要再干活儿了，地里刨不了金子的。我爸的回答永远是这样的，不做哪有得吃呢？好像他一直处在饥荒中。事实上，家里的余粮足足的，衣橱里我们买给他的衣服，有的连标签都没拆。我在家里住了两天，晚上从这屋到那屋去，我不喜欢在黑暗中摸索，故而把灯都开着。我爸就跟在我身后，一盏一盏地帮我拉灭。我发现后，有些生气。我说，爸，你也不能这么小气吧，这电费我会替你缴的。我爸也觉得他做得过分了，他尴尬地笑，很不好意思地说，习惯了，习惯了。他帮我重新拉亮灯。但事后，他依然如故。

送我爸去火葬场。一排的尸体躺在炉门口，等着，无声无息，像死去的猫或狗。那一刻，悲凉席卷我的全身。我想，我爸若有知，他会不会有悔？人生中的许多好日子，都被他辜负了，他原可以活得很轻松很饱满，却硬生生让自己苦了一辈子，直到咽气的前一刻。我只愿他到天堂后，过上另一番好日子，远离烙在他身体细胞里的贫穷，心情放松，天天愉悦。

生活中，像我爸这样活着的人，为数不少。我无意评价这种活法的对错，只是替这些人觉得冤枉，本来有明亮可去，偏要往暗里头走，让自己背负着不应有的重荷，到头来，紧紧握着的一切，还是随风而散了。何苦呢？人生不过百年，哪里有永久的江山可打？何不放自己一条生路，活一刻有一刻的欢喜。

其实，早在三千年前，诸侯小国之一的唐国，就有人有了此等觉悟，懂得人生是用来享受的，而不是用来受苦的。一切不以占有为目的，而要物尽其用，才能发挥其应有的价值。

《唐风图·山有枢》　[南宋] 马和之

这个人当是有感而发的吧。他有朋友富甲一方，整日里却过着苦兮兮的生活，一门心思只为占有更多，所以，一天到晚忙个不停，华服丽裳舍不得穿，高车骏马没时间骑乘，大大的好房子没时间打扫整理，有编钟也有大鼓，但也只是闲置着做了摆设。这个人实在看不下去了，苦口婆心规劝他的朋友，要珍惜活着的每一个日子，好好为自己活一场。他的规劝开始是温和的，他拉来一些常见的植物打比方，比如山上长着的刺榆、臭椿树和漆树，洼地里长着的白榆、椴树和栗树。这世上，万物都有自己的位置，各守着各的本分。是你的，就是你的。不是你的，莫强求。要紧的是，珍惜你现在拥有的，好好过好你当下的日子。你有那么多锦衣华服你舍不得穿；你有美车骏马从没见你乘过骑过；你有那么大的好房子却顾不上打扫；屋子里也摆着迎客的编钟和大鼓，从没听见你敲响。你不缺美酒和美食，为什么不大方地请些朋友回去聚聚？大家一起弹琴鼓瑟，整日里开开心心的，这多好！你没必要对自己太苛刻太吝啬了，因为呀——

宛其死矣，他人是愉。
宛其死矣，他人是保。
宛其死矣，他人入室。

这个人越说越激动，口气渐渐不大客气起来。他说，你现在这也舍不得，那也顾不上，只一味拼命地想要占有更多，到头来，你也难免一死。等你死时，你苦心攒下的这一切，能带得走吗？你带不走的，只好留给他人享用了。

这不啻当头一棒，但不知敲醒了他的朋友没。几千年后的我，在听完他的这段话后，掩卷沉思了很久很久。然后起身，把收藏起来的一只明代青花瓷瓶拿出来，摆在我的书桌上，在里面插了一枝芦荻。此刻，它愉悦着我的心，它才是有价值的。余生有限，我要做的是，不辜负身边一点一滴的拥有，用心地去热爱，去感恩。

《诗经名物图解·榆》

何人斯

彼何人斯？其心孔艰。
胡逝我梁，不入我门？
伊谁云从？维暴之云。

二人从行，谁为此祸？
胡逝我梁，不入唁我？
始者不如今，云不我可？

彼何人斯？胡逝我陈。
我闻其声，不见其身。
不愧于人，不畏于天？

彼何人斯？其为飘风。

胡不自北？胡不自南？
胡逝我梁？祇搅我心。

尔之安行，亦不遑舍。
尔之亟行，遑脂尔车。
壹者之来，云何其盱。

尔还而入，我心易也。
还而不入，否难知也。
壹者之来，俾我祇也。

伯氏吹埙，仲氏吹篪。
及尔如贯，谅不我知。
出此三物，以诅尔斯。

为鬼为蜮，则不可得。

有靦面目，视人罔极。
作此好歌，以极反侧。

——《小雅·小旻之什·何人斯》

注释

其心孔艰	指心肠特别硬。孔，甚，很。艰，狠心，或艰深难测。
胡逝我梁	为什么经过我的鱼梁。梁，鱼坝，这里代指家门口。
伊谁云从	即从其谁。或可解为听从谁的话。
维暴之云	这句意为，这人是听从暴公的话。暴，指暴公。云，话。
唁	安慰，慰问。
云不我可	不认同我。可，嘉许。
陈	堂下至院门的甬道。
飘风	疾风，暴起之风。
祇	只，恰恰。
安行	缓行，徐行。与下文"亟行"相对。
遑舍	来不及停歇。舍，休息、停留。
脂	以油脂涂车。或曰通"支"，以韧木支车轮使止住。
壹者之来，云何其盱	大意为，指望着你来，说什么看我一下。壹者，发语词。盱，张目，看，一说通"吁"，忧愁。
还	归还。
易	高兴。
否	丕，大。
祇	心安。
伯、仲	兄弟。古人兄弟排行，长为伯，次为仲，故以伯仲代称兄弟。

埙	吹奏乐器，为陶制，外形如鸡蛋，六孔。
篪	吹奏乐器，用竹管制成，六孔、八孔不一。
及	与。
如贯	用绳串物。指二人曾同舟共济。
谅	竟然。
知	相契，相友爱。
三物	豕、犬、鸡。盟誓敬神之用。
诅	诅盟，誓约。
蜮	短狐，相传能在水中含沙射人影，又名射影、射工。
觍	面目可见貌。一说惭愧貌。
视人罔极	显示于人的却是行为没有准则。视，示之假借，表示。罔极，没有准则。
以极反侧	以揭露反复无常之人。反侧，反复无常。

《小雅·节南山之什图·何人斯》　[南宋] 马和之

文人斗起狠来，是很有意思的，他不撒泼打滚，不扯着嗓子谩骂，那不符合他的身份。他只文绉绉地，把它记录在案，白纸黑字。这才是真的狠，字里行间都长着利齿。

这首《何人斯》就是典型的文人斗狠。

两个原本关系相当亲密的好友，曾经你吹埙来我和篪，大有高山流水遇知音之和谐美满，可一朝交了恶，就老死不相往来了。一方一想到当初自己的真心付出，便气不过，于是洋洋洒洒，"作此好歌，以极反侧"。

啥意思？他这是在找心理平衡呢。手底下落下的每个字，均似掷向对方的小石头，颗颗击中对方的要害，只为揭露对方：你原是个反复无常的人！借此正式向全世界宣布，他要与此人绝交。

你一定很好奇，把他气成这样的"朋友"到底是谁？但翻遍全篇，你也找不到那人的真名姓。他在言语间，隐晦闪烁着，只说，何人斯。他不指名道姓，是他懒得提起，以示他的不屑与厌恶，还是别有隐情？个中缘由，是个谜了。

现在我们看到的，是他一个人在演说。他情绪激动，发出一连串的诘问：

彼何人斯？其心孔艰。
胡逝我梁，不入我门？

伊谁云从？维暴之云。

彼何人斯？胡逝我陈。
我闻其声，不见其身。
不愧于人，不畏于天？

彼何人斯？其为飘风。
胡不自北？胡不自南？
胡逝我梁？祗搅我心。

　　他或许不是真心想与对方交恶的，他是想有个回旋的余地的。可对方根本不念旧情，直接把他当空气了，走过他家门口，也不再与他打招呼了，好像他们从来不曾相识过。这才是最伤害他的。他气恨恨地说，那人是谁啊？怎么长了副黑心肠。为什么要故意从我家门口走，却不进我家的门？你这是跟谁在一起啊？你是被恶魔缠身了吧。那人是谁啊？为什么要故意走过我家堂前的小路？我虽没看到你的人，但我听到你的声音了。难道你不羞愧于见人，不畏惧于见天？那人是谁啊？怎么像是突起的一股暴风，为什么不向北吹去？不向南而行？偏偏要从我家门口经过，恰恰扰乱我的心。

　　我真是被他逗乐了，明明已经交恶了，却还指望着对方来家里看他。不得不说，他真是个好玩儿的天真的人，有一点儿可爱。

　　他们是因何事而分道扬镳的？照他的说法，错应该不在他：

> 二人从行，谁为此祸？
> 胡逝我梁，不入唁我？
> 始者不如今，云不我可？

两个人本来一起走得好好的，可因什么事情，发生了争执，他大受伤害。对方不仅没有一点儿歉意，反倒就此疏远了他，走过他家门口，也不进来安慰安慰他。这是两人决裂的开始。他百思不得其解，对方开始时并不像今天这样，这么不通情达理，不认同他。

最初的最初，他们是有过一段彼此交好的好光阴的：

> 尔之安行，亦不遑舍。
> 尔之亟行，遑脂尔车。
> 壹者之来，云何其盱。
>
> 尔还而入，我心易也。
> 还而不入，否难知也。
> 壹者之来，俾我祇也。
>
> 伯氏吹埙，仲氏吹篪。
> 及尔如贯，谅不我知。
> 出此三物，以诅尔斯。

那个时候，他是很看重这段友情的，百分百的真心投入。他算准了对方的车子到什么地方了。如果是在路上缓缓走着呢，中途是不用停下休息的。如果是在路上疾走呢，只有在用油脂润滑一下车毂（gǔ）时，才会停一下。他掐着时间等着对方的到来，说什么也想看看他。

有时候，对方已经走了，中途忽又返回来，跑到他家，他心里感到十分快乐。有时候，对方返回来，却又不进门，他就觉得非常不安，以为有什么不好的事情发生了。直到对方又来看他，他才安心了。

那个时候，他们在一起，如兄如弟，一个吹埙，一个吹篪，关系好得就像拴在一根绳子上似的。他一想起这些，就觉得万分委屈，你真的不懂我的心啊，我曾向神灵敬献过豕、犬和鸡，盟过誓，想与你世代交好的。

这等掏心掏肺，最后却换来反目成仇，他当然不服。他要反驳，他要揭露，他要表明立场：

> 为鬼为蜮，则不可得。
> 有靦面目，视人罔极。

他教训他的"朋友"道，若你是鬼或是短狐，虚头巴脑的还有一说，但你是有头有脸有眼睛的人哪，待人却这么反复无常。瞧瞧，文人就是文人，损人都不带脏字的。

我想起现代一桩文坛趣闻，两个很有名望的文人，一个看另一个不顺眼了，不分场合地炮轰对方。另一个却始终保持缄默。旁人替另一个不服，问另一个，你为什么不回应呢？另一个的回答十分睿智，他说："我不回答，表示我的人生可以没有他。他不停止，表示他的人生不能没有我。"

　　真想这里这个愤愤然的诗人，也能听到这句澄明的话。真希望他能到此为止，把这一页快快揭过去。人与人的关系是讲缘分的，合得来就相处，合不来就两散，没必要搞得跟个斗鸡似的咬牙切齿着。要知道，那是咬的自己的牙，伤的自己的齿，别人依然活得好好的。还是大路朝天各走一边的好，谁的人生都不掌握在别人手里，过好自己的生活才是最重要的。

《诗经名物图解·蜮》

苕之华

苕之华,芸其黄矣。
心之忧矣,维其伤矣。

苕之华,其叶青青。
知我如此,不如无生!

牂羊坟首,三星在罶。
人可以食,鲜可以饱。

——《小雅·都人士之什·苕之华》

注释

苕　　又称凌霄,花赤黄色。
芸　　纷纭貌。
牂羊　母绵羊。

坟首	头大。这里指母羊因饥饿身体瘦小，就显得头大。坟，大。
三星	一说指参宿、心宿、河鼓三星。一说泛指星光，即三三两两的星光。
罶	鱼篓。此指罶中无鱼而水静，映出星光点点。
人可以食，鲜可以饱	朱熹《诗集传》解作："苟且得食足矣，岂可望其饱哉！"鲜，少。

这是荒年。却有大朵大朵的凌霄花，开得浓艳热烈。花不知人间疾苦。

这花，若不是配了荒年，该是多出色的景致。我所在的校园，原有一株，攀树而长。花开时，从我所在的六层楼上远望过去，一树的橘黄，就跟燃起了一树的火把似的，惊天动地地艳着。我上下班的路上，也有这样的一丛，趴在人家的院墙上，夏天早早地开了花，一直能开到秋末。一墙的叶绿花黄啊，过往的行人，少有不停下来看看它的，看着看着，脸上就浮上了笑意。那一刻，人变得纯粹，只关乎一墙花开。

这里的花，也是层层叠叠地开着，缠绕在人家的篱笆墙上，也蓬勃也辉煌，却让人倍觉忧伤：

苕之华，芸其黄矣。
心之忧矣，维其伤矣。

——这凌霄花黄得多么浓艳，它灼痛了我的心啊，放眼望去，

《诗经名物图解·苕》

第五辑　我行其野

四下里，都是荒凉寂静。漆黑的忧伤，深不见底！

这个独自悲怆啜泣的人是谁？我们无法得知了。但拨开几千年层层的雾霭，我们得以看清他的样子：瘦。奇瘦。如一个纸片人。他飘荡在一丛丰腴的凌霄花跟前，太阳升起来。太阳落下去。星星们在头顶闪亮了。星星们稀落了……他还飘荡在那里。他无处可去。能去哪里呢？家园不再，他已濒临绝望的边缘，再也忍不住了，大放悲声：

牂羊坟首，三星在罶。
人可以食，鲜可以饱。

是怎样的饥荒，弄得母羊也瘦得皮包骨了，身子变得好小好小，头显得特别大，只怕那小身板，快支撑不住它的大头了。捕鱼的渔网里，根本无鱼，倒是筛下星星几颗，冷冷地闪着光。若说这几颗星星也能吃，却太少了，还不够塞牙缝的，哪里能够饱腹？人找到吃的东西很少，肚子经常是饿着的，惨淡的星光照着一个惨白的世界。

凌霄花还在没心没肺地开着，仿佛世界只是它的世界，人类只是它的陪衬罢了。人真是不如花啊！饿得前胸贴后背的男人，忍不住对着花大放悲声：

知我如此，不如无生！

周朝末年，兵荒马乱，世道艰难，混乱不堪，毫无希望。这个人对他所在的世界再没有一丝眷恋了，他情愿他从没来过这世上。

他的遭遇，并非他一个人的遭遇，而是千千万万个人的遭遇，是人类共同的遭遇。不仅仅是一个时代的遭遇，而是许多时代的遭遇。"路有饥妇人，抱子弃草间"，东汉时的王粲写下这样的诗句。他在路边遇到饥饿的妇人，她养不活自己的孩子，把饿得奄奄一息的孩子，胡乱丢在乱草中。唐代诗人杜甫，在逃难途中，时不时遇到路边白骨，他悲痛地提笔写道："朱门酒肉臭，路有冻死骨。"

历史上，因饥饿而发生过多少人间惨剧？有多少饿死的魂魄在游荡？我的祖辈父辈，都曾受过饥饿的苦，听他们讲从前的经历，几度不忍卒听。大饥荒年代，人饿得很了，眼珠子会发绿，树皮草根都啃没了，就去吃观音土。那观音土吃下去胀肚子呀，人就被活活胀死了。我奶奶每说到这里，眼里都会泛出泪花。她把掉到桌上的一粒米，小心地捡起，放到嘴里咂摸，感叹，现在的日子多好过啊，有饭吃。

《朱子治家格言》中有："一粥一饭，当思来处不易；半丝半缕，恒念物力维艰。"对照这里的凌霄花，重温这句话，倍多感慨。人生最惨痛的事件，莫过于饥饿。这是时代最大的悲剧。当我们有饭吃有衣穿的时候，是不是更应该懂得珍惜和感恩？每一粒粮食，原都是沉甸甸的。

中谷有蓷

中谷有蓷，暵其干矣。
有女仳离，嘅其叹矣。
嘅其叹矣，遇人之艰难矣。

中谷有蓷，暵其脩矣。
有女仳离，条其啸矣。
条其啸矣，遇人之不淑矣。

中谷有蓷，暵其湿矣。
有女仳离，啜其泣矣。
啜其泣矣，何嗟及矣。

——《国风·王风·中谷有蓷》

注释

中谷　　山谷之中。

蓷　　又叫益母草，可治疗妇科病。

暵其　　即"暵暵"。暵，形容干燥、枯萎的样子。

干　　干枯。

仳离　　别离，遭遗弃。

嘅其　　即"嘅嘅"。嘅，同"慨"，慨叹。

脩　　干枯。肉干古时称束脩，此处取其干燥义。

条　　长，形容啸声。

啸　　悲啸之声。

不淑　　不善。

湿　　晒干。

何嗟及矣　　同"嗟何及矣"，嗟叹也来不及。嗟，悲叹声。何及，言无济于事。

《毛诗品物图考·中谷有蓷》

我应该是见过益母草的。

我查看了它的相关图片，吃惊了一下，果然是旧相识。不过，在我的家乡，它不叫益母草，它叫野天麻。荒僻之地，随处可见。

乡下人总是无师自通地懂得很多东西，哪些草能吃，哪些草能治病，他们都了如指掌。小孩闹肚子疼了，用牛耳朵草煎水喝，也就好了。被刀伤蛇咬了，把地阴草嚼碎了，敷在伤口，可止血止痛。女人们有些什么私密的病，采了野天麻，熬汤喝，能减缓病情。当归、黄芩、半夏，也都是极好的草药。乡下的草，似乎没有一样是白长的，各有各的用途。

这里的山谷中，也长满了野天麻。女人没少来此采摘过吧。那时候，她欢天喜地嫁到夫家来，是受过众多亲朋祝福的，也是"之子于归，宜其室家"的。她的心里，有过很多憧憬吧，憧憬着和男人一起慢慢变老。憧憬着他们将儿孙满堂，子贤孙孝。她跑来这山谷之中，采得野天麻，回家晒干，煎了汤，一碗一碗服下去，是想着替夫家生多多的孩子的。

可是，她命运似乎不济，肚子里迟迟没有动静。男人开始恶言相向，甚至动用了暴力。其他人也是冷眼相待。不孕，那可是犯了"七出"之罪中的一条。我们且看看管束女人的都有哪"七出"：

其一，无子；

其二，淫佚（指不守妇道）；

其三，不事舅姑（舅姑指公婆）；

其四，口舌（意思是与人吵架，乱说话）；

其五，盗窃；

其六，妒忌；

其七，恶疾（病也病不得）。

这"七出"中，只要触碰到一条，这女人就算完蛋了，她铁定要被夫家赶出大门。虽然在周代尚没有形成完整的"七出"之令，但雏形已有了，其中对女人能不能生育，尤其苛刻。一个女人不能生育，这个女人就是有罪的。

时代的大背景也不妙，"幽王昏暴，戎狄侵凌；平王播迁，家室飘荡"，社会动荡不安，人人自顾不暇，哪里还有同情心？女人的遭遇只是千千万万个悲剧中，毫不起眼的一小粒，没有谁在意的。

女人最终被弃。男人像扔块破抹布似的，扔了她。山谷中，野天麻们兀自荣枯，它们也许治得了女人身上的病，却治不了女人心灵所受的侵害：

<blockquote>
嘅其叹矣，遇人之艰难矣。

条其啸矣，遇人之不淑矣。

啜其泣矣，何嗟及矣。
</blockquote>

女人徘徊在山谷之中，看着因干旱而枯萎的野天麻，联想到自己，长长的叹息，和着泪饮。可怜她本也是好人家的女儿，本也如鲜嫩的野天麻一般水灵灵，可不幸的婚姻，让她迅速枯萎了。俗话说，男怕入错行，女怕嫁错郎。她偏偏就嫁错了郎，遇人不善，遇人不淑，欲诉无门！

这个女人我见过。从前村子里，有妇人独自搭了棚屋居住。那个时候，她五十来岁了吧，一脸的褶皱与沧桑。村人们很少与之交往，都说她是不祥之人。年轻时，她曾是村里的一枝花，是远近闻名的大美人，上门说媒者无数。后来，她嫁了人，夫家是那一带的高门望族，家里很有点儿势力。

婚后，她接二连三生女儿，夫家本就对此很不满了。偏着女儿们又命短，最大的活了三周岁，最小的，两个月就夭折了。外界便盛传她命硬，克子，注定是个缺后代的。男人先是厌弃了她，稍有不顺，就对她拳脚相加。婆家人也多恶言恶语，没多久，就怂恿了男人另娶新人进门。

她本来还忍气吞声着，只求夫家能给她一块栖身之地。可最后，连这点小小愿望也实现不了，她被男人赶出家门。她死了心，跑回娘家，想重新来过。娘家兄弟却不肯接纳她，当她是个丧门星。她只好自个儿搭了间草棚，勉强遮风挡雨，艰难度日。

记忆中，我从没见她笑过。她总是一个人，独来独往着，嘴里念念有词的，不知在说些什么。有时，我会在某条渠沟旁遇见她。她在那里割草，动作迟缓，一边割，一边发呆，草篮子扔得远远的。

她的背影看过去，如天青月白之下，泊在孤岛边的一叶舟。她最后的结局是孤苦老去，尸体躺在家里两天，才被人发现。

真不想这里这个采野天麻的女人也是这样的结局。好想她能觉醒过来，大喝一声："去，我才不信什么破命运，我要活出一个灿烂的自己来！"好比张幼仪，被徐志摩一脚踢开后，从弱小的徐太太，一跃变成了商界的女强人，让多少男人仰望和臣服。

然在那个时代，这几乎是天方夜谭。女人一旦嫁错郎，只能一任年华被不幸蚕噬，孤苦终老。

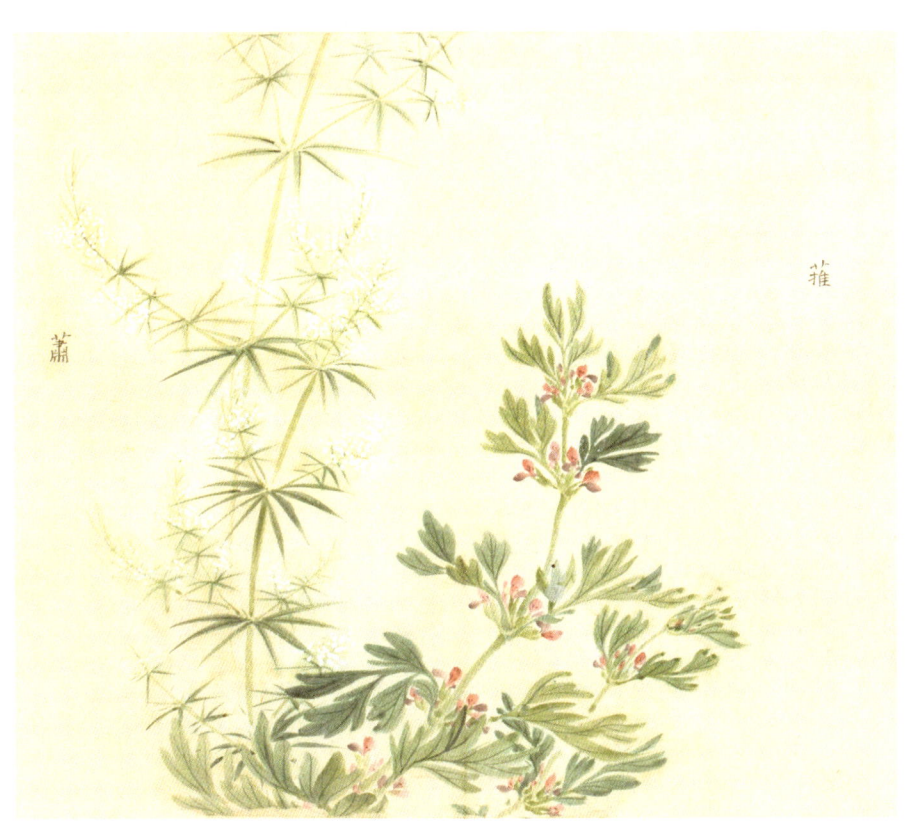

《诗经名物图解·萧 / 蔚》

甘棠

第六辑 蔽芾甘棠

我们的心,
只对自然和神敞开。
那些古老的树木,
就是神一样的存在,
让你不自觉沉溺进去,
一同走进永恒。

蔽芾甘棠

傳甘棠杜也集傳杜梨也白者為棠赤者為杜○棠梨野梨也此云榖又云革他柰施山中處處有之樹似梨而小葉有圓者斜者三叉者實如小楝子有赤白味不佳

蔽芾甘棠

蔽芾甘棠，勿翦勿伐，召伯所茇。

蔽芾甘棠，勿翦勿败，召伯所憩。

蔽芾甘棠，勿翦勿拜，召伯所说。

——《国风·召南·甘棠》

注释

蔽芾　幼小的样子。一说茂盛的样子。
甘棠　即棠梨，亦称杜梨。
勿　　不要。
翦　　翦其枝叶。
伐　　砍伐，指伐其条干。
召伯　指召公奭（shì）。
茇　　原意为草舍，这里作动词用，停歇，暂住。
败　　伤害，毁折。
憩　　休息。

拜　　扒，攀爬造成的毁坏。
说　　通"税"，稍作停歇。

　　此处的杜梨，本也是棵普通的杜梨，却因一个叫召伯的人而扬名立万。

　　召伯是谁？他姓姬名奭，是周文王姬昌的庶子，周武王姬发、周公姬旦的异母兄弟。他协助周武王发兵，灭掉商纣王，被封北燕，是后来燕国的始祖。

　　据说召伯经常到民间乡邑巡行，途中休憩或办案，从不占用民房，而是在一棵甘棠树下，搭草舍过夜。他在那里裁决狱讼，处理政事，为人严明公正，深得百姓爱戴。他逝世后，人们感恩其德，把他曾停靠过的那棵甘棠，用心保护起来。

　　《史记·燕召公世家》中，有比较详细的记载：

> 召公之治西方，甚得兆民和。召公巡行乡邑，有棠树，决狱政事其下，自侯伯至庶人各得其所，无失职者。召公卒，而民人思召公之政，怀棠树不敢伐，哥咏之，作《甘棠》之诗。

　　人类对树木有着特殊的情感，最早的人类是以树为家，栖居在树上的。树一度成了人类的图腾。人们相信，那些为了大义而死的人，死后会变成一棵树。人们祈福，会在树上挂上红布条。

孩子出生，会栽树庆祝。亲人故去，会栽树怀念。乡下人家，哪家房前屋后，不栽着几棵树？历经不知几世几代，沧海早已变成桑田，人事早已面目全非，可是，一棵树还稳稳当当待在原来的地方，再多的风云突变，它都笑纳了。

每一棵树，都具有神性。神话《天仙配》中，董永和七仙女的媒人就是棵树，一棵老槐树。游子经年还乡，他与故乡，皆成陌生。可是，当他远远瞥见家门口的那棵苦楝树，依然挺立在风中，从前的记忆，一下子汹涌到眼前。曾经的喜怒悲欢，树都给记着呢，一个年轮一个年轮，从不会记错。

历史上是否真有召伯在杜梨树下处理政事，对后来的人们来说，已无关紧要了。重要的是，这棵古老的甘棠树，已然成了一棵神树：

蔽芾甘棠，勿翦勿伐，召伯所茇。
蔽芾甘棠，勿翦勿败，召伯所憩。
蔽芾甘棠，勿翦勿拜，召伯所说。

——高大的杜梨树呀，多么茂盛！我们不要去剪去伐，不要去毁坏，也不要压弯它的枝条，因为有个叫召伯的大善人，曾在这里停留过、休憩过。看到这棵杜梨树，我们就会想到他呀，他永远活在我们心中。

那个年代，人们对自然万物怀着深深的敬畏，相信山有山神，树有树神，草有草神，花有花神……人们坚信，德行高尚的召伯死后的灵魂，一定附着在这棵杜梨上。

不少民族，至今还留有祭树之习俗，他们把树当神。

比如傣族人。

到傣族人的村寨去，你很容易就能碰到几百年甚至上千年的大树，这个时候，你千万不要大惊小怪，因为，这是件再正常不过的事。傣族人把一些树当神，比如高山榕、毒箭木之类的。在傣族人的心目中，神树代表了神圣、吉祥和高尚。寨子里的所有祭祀活动，均在神树旁举行。

我曾去过一个叫曼丢的寨子，在好几棵古老的高山榕下，都见到一束束扎成捆的"礼束"，是祭祀活动举行后留下的。在祭祀活动中，寨子里每家每户都得送上一份礼束。礼束由1根方木条、1根有4节开口的竹竿和12根芦苇秆（也可以是12根细竹竿）捆扎而成，顶端绑上一段手工织锦，和一些甘蔗叶或是茅草。在4个开口的竹节里，分别装入沙子、水、稻种和大米，寓意收到礼物的魂灵离开寨子后，一路上有粮草吃，有衣穿，逢山开路，遇水架桥，去到一个好地方，重新安家落户，垦田种稻，日子过得像甘蔗一样甜蜜。寨子里谁过世了，家中亲人也必扎上这样的礼束。礼束扎好后，先送去寨心或佛寺，经由佛爷诵经、祈福，等祭祀礼成后，再移送到这样的神树下。

我们的心，只对自然和神敞开。那些古老的树木，就是神一样的存在，让你不自觉沉溺进去，一同走进永恒。

猗嗟

猗嗟昌兮,颀而长兮。
抑若扬兮,美目扬兮。
巧趋跄兮,射则臧兮。

猗嗟名兮,美目清兮。
仪既成兮,终日射侯。
不出正兮,展我甥兮!

猗嗟娈兮,清扬婉兮。
舞则选兮,射则贯兮。
四矢反兮,以御乱兮!

——《国风·齐风·猗嗟》

注释

猗嗟	赞叹词。
昌	盛壮貌。一说，姣好貌。
顾而	即"顾然"，指身材高大。
抑若扬	阳气发于眉宇之间的意思。若，而。扬即阳。一说抑为懿之假借，懿然，即美的样子。扬，明亮。一说意为前额开阔。
扬	清亮，美好。
趋	趋步。小步疾走为趋，是贵族行礼时的步伐。
跄	趋步貌。
臧	好，准确。
名	眉眼之间。一说盛壮的意思。
射侯	射靶。侯，箭靶。
不出正兮	从未射出靶心。正，箭靶的中心，也叫"的"或"鹄"。
展	真正的。
选	舞蹈时与音乐节奏合拍。
贯	正中靶心。
四矢反兮	四支箭皆射中一个地方。朱熹《诗集传》："四矢，射礼每发四矢。反，复也，中皆得其故处也。"
御乱	抵御防止国家内乱外乱。

这里走来一个少年神射手。

少年甫一出场，就引起轰动，一片讶异声、惊呼声不绝于耳。盖因他生得实在太好了：

猗嗟昌兮，颀而长兮。

抑若扬兮，美目扬兮。

  瞧他，昌盛蓬勃，又高大又修长。他该是一棵白杨的样子。匀称标准的身材本足以令人艳羡了，偏偏他还长着一张漂亮的脸蛋，额头宽阔饱满，下面镶着一对灵动明亮的大眼睛，顾盼神飞，朗朗如星月。他真是个十足的青春美少年。
  他来到的地方，是个射场。射场上正举行一场射箭比赛呢，他是来参赛的。
  "射"，是我国古代六艺之一。六艺分别指：礼、乐、射、御、书、数。这是当时的人们，尤其是男人们必须掌握的六种社会技能。其中的"射"，意义更为特别。在农业生产还不发达的

《摹李赞华获鹿图》（局部）　[五代十国] 佚名

古时候，狩猎还是人们获取生活来源的重要手段，一个好的射手，是家庭生活的保障。射箭也用于战争，征战四方的重要武器之一，就是弓箭。于是，围绕射箭，渐渐形成了一套"射文化"，射箭比赛就是这套文化中不可缺少的一项。

孔子曾说过这样的话："君子无所争，必也射乎！揖让而升，下而饮，其争也君子。"他说，君子没有什么可与别人争的事情，如果有的话，那就是射箭比赛了。可见射箭比赛，在那时的地位之高。由此还引申出一套礼仪规范，称为"射礼"。不同规格的射箭比赛中，所遵循的射礼各有不同。但不管是中央举办的，还是地方举办的，都得遵循"礼让"原则，射手之间相争的，只是射箭的技能高低，其他的事情都要礼让。比赛时，先要相互作揖谦让，然后才上场。射完后，又要相互作揖表示感谢，再退下来。比赛结束了，赢了的人要礼让输了的人，陪输了的人一起喝酒。

现在，轮到这个少年上场了。他面若冠玉，玉树临风，一举手一投足，都自带优雅。人们看他射箭，简直像观赏一段优美的舞蹈：

巧趋跄兮，射则臧兮。

他挽弓搭箭，轻盈地疾走，趋步上前，整个人摇曳生姿。只听"嗖"的一声，箭离弦而去，准确地射中靶心。他高超的射箭技艺，让众人看呆了。场上响起一片喝彩之声。

这个少年只微微笑着，并不因之得意和傲慢。他极有教养，一招一式都有分寸，对各种"射礼"更是烂熟于心，处理得游刃有余——"仪既成兮"。每一轮比赛下来，他都能做到"不出正兮"，就没有一次射不中的。比赛进行了一整天，终于到最后一轮了，竟安排上了音乐伴奏。这是高难度的一项比赛，射手要踩着音乐的节奏，边舞边射。乐曲的节奏决定了射手舞步的大小和快慢，如果射手有哪一步没有踩到鼓点上，或是没有按照音乐的节奏射出箭去，那所射出的成绩将被视为无效。

众人的目光都齐聚在少年的身上。少年依然气度从容，神采飞扬，目光流转，他和着音乐的节奏，踏出优美而端正的舞步，又一次挽弓搭箭，瞄准箭靶。众人紧张地屏住呼吸，还没等他们的眼睛眨上一眨，那箭，已奇迹般地，正中靶心。中了！中了！中了！又中了！场上一片欢呼声。是的，少年连发四箭，箭箭都命中靶心。

场上的气氛沸腾起来，少年成了英雄般的人物。亲朋好友的脸上都倍觉有光，生怕别人不知道，这个少年郎就是他们家的。他们一再拖住别人，自豪地介绍道："展我甥兮。"——他的的确确是我们家的那个少年郎啊。

我们唯有羡慕了。这个英俊又威武的少年郎，谁不爱呢？

绿竹猗猗

瞻彼淇奥，绿竹猗猗。有匪君子，如切如磋，如琢如磨。瑟兮僩兮，赫兮咺兮。有匪君子，终不可谖兮。

瞻彼淇奥，绿竹青青。有匪君子，充耳琇莹，会弁如星。瑟兮僩兮，赫兮咺兮。有匪君子，终不可谖兮。

瞻彼淇奥，绿竹如箦。有匪君子，如金如锡，如圭如璧。宽兮绰兮，猗重较兮。善戏谑兮，不为虐兮。

——《国风·卫风·淇奥》

注释

瞻　　看。

淇　　淇水。

奥　　又作"澳"或"隩"，水岸弯曲的地方。

绿竹　绿色的竹子。绿，也作"菉"，又名王刍。竹，即萹竹，是一种草。一说指绿色之竹。朱熹《诗集传》说："绿，色也。淇上多竹，汉世犹然，所谓淇园之竹是也。"

猗猗　茂密的样子。

有匪　即"匪匪"，有文采、有才华的样子。匪，通"斐"。

切、磋、琢、磨　古代治玉石器、骨器等的不同工艺。用以比喻君子的修养方法。切，削齐。磋，打磨。琢，雕刻。磨，打磨。《毛诗故训传》："治骨曰切，象（象牙）曰磋，玉曰琢，石曰磨。"

瑟　　牙骨玉石经切磋雕琢后花纹细密貌。引申为仪态矜庄。

僴　　美貌。就是牙骨玉石经切磋琢磨后花纹历历然有文采的样子。引申为威武貌。

赫　　明显。

咺　　亦作"愃"或"烜"，显著貌。

谖　　忘记。

充耳　亦名瑱，塞耳的玉石，用丝线悬挂在冠冕的两侧。

琇莹　指充耳玉瑱晶莹明澈。琇，次于玉的宝石。莹，玉色光润晶莹。

会弁　缝合处缀有玉石的鹿皮帽。会，亦作"璯"，冠缝缀玉称为璯。弁，鹿皮帽。

箦　　绿竹密集貌。箦的本义为竹席子。此处为引申义。

金、锡　两种贵金属，言德行如金锡一样精纯。金、锡须锻炼才能成器。《诗集传》说："金、锡言其锻炼之精纯。"

圭、璧　玉制饰品。此以圭、璧形容君子品质之美。圭为长方形，上端尖。璧为圆形，中有小孔。

宽	宽宏能容人。
绰	舒缓。
猗	通"倚",倚靠。
重较	车旁边人所倚靠的横木或厢板。马瑞辰《毛诗传笺通释》："盖车轼上之木为较,较上更饰以曲钩,若重起者然,是为重较。"
戏谑	开玩笑。
虐	过分的玩笑,流于恣肆,刻薄。

来,我们来认识一个真君子。

他叫卫和,是卫国第十一任国君,在位时间长达54年。

他拥有文韬武略,为人谦和,虚心纳谏,勤勉政事。在他95岁高龄时,还下旨卫国臣民,要求从卿以下到大夫和众士,只要在朝中的官员,都不要认为他年老而舍弃他。在朝廷必须恭敬从事,早晚要帮助告诫他。哪怕听到一两句谏言,也一定要背诵记住,好转达给他,训导他。于是乎,在车上,有勇士规谏他;在朝廷,有官长的法典约束他;在几案旁,有诵训官向他进谏;在寝室里,他有近侍的箴言;处理政务时,他有瞽(gǔ)史的引导。平时还有史官不停地书写,乐师不停地诵读。这还不够,他自己还作了首戒诗自我警戒。

他无时无刻不走在修行的路上。上行下效,在他的带领下,整个卫国形成良好的社会风气,人人谦和有礼。在他任职期间,卫国百姓的幸福指数"噌""噌""噌"直往上涨。这样的国君,怎能不受百姓爱戴？他成了君子的典范，人们发自内心地歌之咏之。

这个伟大的君子，是喝着淇水长大的。

淇水是卫国有名的一条河流，卫国的诸多故事都发生在淇水两岸，诸如谈情说爱、婚丧嫁娶、生离死别。百姓们对淇水的感情深厚，而且它还与他们的国君相关。淇水汤汤，沿岸的风光着实不错：

> 瞻彼淇奥，绿竹猗猗。
> 瞻彼淇奥，绿竹青青。
> 瞻彼淇奥，绿竹如箦。

《诗经名物图解·绿竹》

美啊！远远望过去，一垛垛"绿云"堆积在河流的拐弯处。那是什么？是青青的翠竹啊。它们又美丽又茂盛。他们亲爱的国君，一个文采斐然的神仙般的人物，就如同这些青青的翠竹似的，风骨凛然、卓尔不凡：

有匪君子，如切如磋，如琢如磨。
有匪君子，如金如锡，如圭如璧。

《毛诗故训传》中这么解释道："治骨曰切，象（象牙）曰磋，玉曰琢，石曰磨。"那个时候，人们要做个骨笛吹吹、弄个象牙玩儿、打造个玉石饰物之类的，靠的是纯手工——切、磋、琢、磨。这个谦谦君子金玉美石一般的品德，也如同打造器物，是历经千磨万炼形成的。他的精神之坚毅，骨头之硬朗，非常人能比，故他能像金、锡一样精纯，像圭、璧一样品性高尚。

人常说，相由心生。一个人的内心，决定了一个人的面相。且让我们看看这个君子的穿着打扮、容貌气度：

有匪君子，充耳琇莹，会弁如星。
瑟兮僩兮，赫兮咺兮。

古时男人的穿衣着装是很讲究的，头上都要戴上一顶帽子。根据身份不同，这顶帽子除了材质不同（有皮的，有布的），上面所镶的装饰物也有所不同。一般说来，天子用美玉缝制于帽子的缝隙处。这里的君子是个诸侯国的国君，他帽子上镶嵌的是美石。一颗颗美石，灿若星子，还有美丽的玉石从帽子两旁垂至耳旁。这样的装扮非常符合他的身份，使他显得气质高雅，神采飘逸，举止庄重，不怒自威。

别以为他地位高，人只能远观，而不能近瞧。不，不，他从不拿架子：

> 宽兮绰兮，猗重较兮。
> 善戏谑兮，不为虐兮。

瞧，他胸襟多么宽广，处事有张有弛。偶尔地，他也不拘小节，倚靠着大臣的车子，跟大臣们耍耍嘴皮子，说笑几句。虽然是开玩笑，他却从不会失了分寸，始终给人如沐春风之感。

这样接地气的君子，难怪百姓们难以忘怀他，他们深情地一遍遍吟唱：

> 有匪君子，终不可谖兮。

——这么有文采有才华的君子，我们永远不会忘记他。

他们的目的达到了。不单他们记住了他，我们也忘不了了，谦谦君子，温润如玉。

木瓜

投我以木瓜，报之以琼琚。
匪报也，永以为好也。

投我以木桃，报之以琼瑶。
匪报也，永以为好也。

投我以木李，报之以琼玖。
匪报也，永以为好也。

——《国风·卫风·木瓜》

注释

木瓜　今名相同，又叫楙楂，木本植物，果实长椭圆形，状如小甜瓜。

报　报答，回赠。

琼琚　佩玉，美玉为琼。下"琼瑶""琼玖"意同。

匪　非。

木桃　　又名樝（zhā）子。落叶灌木，果实圆形或卵形，具芳香。
木李　　今名榠楂。落叶灌木，果实形状与木瓜相似却无鼻端突起。

民间有句骂人的话比较狠，你个呆木瓜。小时听着，以为木瓜定是如石头般的，又冷又硬，长相又不好，味道也不佳，不讨人喜。成年后，我吃到一道甜菜，木瓜炖西米。竟是好吃得不得了，又甜蜜又绵软。极不理解，那么清爽甜蜜的木瓜，何故招人怨了？

也许此木瓜非彼木瓜吧。但不管什么样的木瓜，它都只不过是寻常植物之果实，不值钱。

可是，在这里，它却被当作礼物郑重地赠了出去，且收获到不菲的回报。

在时间无垠的荒野中，不早不晚的，两个人相遇了，一见如故。当时，一个人手里正拿着木瓜、木桃、木李之类的东西，分别之际，他把它们送给对方。在他，很坦然，礼轻情义重。对方也不觉得他的突兀，高高兴兴收下木瓜、木桃和木李。随即，收下礼物的这个人解下自己身上佩带的美玉，回赠过去。

对的，你没看错，这个人用价值连城的美玉，换了一文不值的木瓜。你一定会笑话这个人，好傻呀，像个呆木瓜。

且慢笑，人家后面有话呢：

匪报也，永以为好也。

《诗经名物图解·木瓜》

　　他怕对方不接受他的回赠，赶紧解释道，我送你美玉，并不是为了回报你，我是想结交你这个人，想与你永世为好友。

　　这一赠一送，成就了一段美好的木瓜情谊。

　　这或许是友情。或许是爱情。从古至今，情义最无价。"山无陵，江水为竭，冬雷震震，夏雨雪，天地合，乃敢与君绝"，还有什么情感能敌得过这样的？生生死死，天崩地陷，我都要与你相随。"桃花潭水深千尺，不及汪伦送我情"，这是李白与汪伦的友谊，比桃花潭水还要深。好兄弟义薄云天，两个大男人之间的友情，有时很令人动容。

　　除此外，《木瓜》里还有一个可贵的品德值得推崇，那就是——知恩图报。我以为，人生重要的品德里，除了施恩，还有，感恩。这里的木瓜未必真的就是木瓜，木桃未必真的就是木桃，木李未必真的就是木李，它或许是口渴的人，刚好得到你送的一杯水；饥寒的人，刚好得到你送的一碗热汤；迷路的人，刚好得到你的指点……这一点一滴的好，都被他牢牢记在心上，在适当的时候，加倍回报于你。

爱和善从来不是单程旅行。爱出者爱返，福往者福来，这或许是这里的木瓜所赋予的深意吧。

我想起少时听奶奶讲的一个故事来，一个穷人家的孩子，父母早亡，他只能去替富人家放羊养活自己。每天早晨，他带一个窝窝头出门，赶着一群羊上山。他的午饭，就是这个窝窝头。这天，他又把羊赶上了山，突然听到有呻吟声传来，他顺着声音找过去，见到一衣衫褴褛的老婆婆，躺在路边的草丛中，饿得奄奄一息。老婆婆见到他，颤巍巍地朝他伸出一双脏兮兮的手，喃喃道，孩子，我饿。孩子稍稍犹豫了一下，把老婆婆扶坐起来，从怀里掏出窝窝头，塞给了老婆婆。他不好意思地说，婆婆，你先垫垫肚子吧，我只有这么多了。老婆婆接过窝窝头，奇迹出现了，刚刚还病歪歪的老婆婆，忽然就站了起来，飞身站到一朵祥云上。她俯身冲孩子笑眯眯地点点头，抛下那个窝窝头，朗声道，好孩子，把这个窝窝头拿回家去，买房置地，将来好娶妻生子。孩子捡起窝窝头一看，呀，好大一块金疙瘩。

我奶奶说，这是善有善报啊。

我信这个。你种下善的因，他日，定会结出善的果。当然，施恩并非为了求回报，我们得到的，是愉悦和心安。授人玫瑰，手留余香。

呦呦鹿鸣

呦呦鹿鸣，食野之苹。我有嘉宾，鼓瑟吹笙。吹笙鼓簧，承筐是将。人之好我，示我周行。

呦呦鹿鸣，食野之蒿。我有嘉宾，德音孔昭。视民不恌，君子是则是效。我有旨酒，嘉宾式燕以敖。

呦呦鹿鸣，食野之芩。我有嘉宾，鼓瑟鼓琴。鼓瑟鼓琴，和乐且湛。我有旨酒，以燕乐嘉宾之心。

——《小雅·鹿鸣之什·鹿鸣》

注释

呦呦	鹿鸣叫的声音。
苹	今名山萩、珠光香草，鹿喜欢吃的植物，可做香料。
簧	笙中的舌片。
承	奉送。
将	进献。
示	告诉。
周行	大道，此处指处事应遵循的正确道理。
蒿	青蒿、香蒿，鹿喜欢吃的植物，味香，也可以入药。
德音	美好的声誉。
孔	甚。
昭	明。
视	同"示"，显示。
恌	同"佻"，轻薄，轻佻。
则	法则，楷模，此作动词，效法。
效	效法。
旨酒	醇美的酒。
式燕以敖	指宴饮尽兴，欢乐融洽。式，语助词。燕，宴乐。敖，遨游，自由自在。
芩	蔓苓，与芦苇同属。一说是蒿类植物。
湛	欢乐。

呦呦鹿鸣，食野之苹。

呦呦鹿鸣，食野之蒿。

呦呦鹿鸣，食野之芩。

读这首雅乐时，我的思绪总要从宴饮的快乐场所里游离出去，完全地不由自主。窗外，是广阔无垠的原野，上面布满沼泽和丛林。可爱的梅花鹿一头头，跟鸟雀一样地多。它们在沼泽和丛林中奔跑，它们呦呦叫着，呼唤着同伴：

来呀来呀，这里有肥美的山萩呀，我们一起来吃吧。

来呀来呀，这里有丰美的青蒿呀，我们一起来吃吧。

来呀来呀，这里有新嫩的芩草呀，我们一起来吃吧。

《诗经名物图解·苹》　　　　　　　《诗经名物图解·蒿/芩》

得感谢此时的人类，他们让大自然做着大自然，他们做着他们自己，彼此和睦共处，相亲相爱，于是，天地间才有了如此的安宁、美好和祥和。

一场盛大的宴会，就在这样美妙的背景下徐徐展开。

这场宴会的规格之高，有点儿吓人，它是一场由周天子亲自招待群臣的宴会。宴席上的酒有多美，自不必说。周天子也不谦虚，他一再对他的臣下说，我有旨酒。他的大臣们大概也不客气，想着既然你捧出这么多美酒，不喝白不喝。那就喝吧，喝着喝着，君臣也就不分了。就有了肝胆相照，就有了为你两肋插刀。

从古至今，人类表达情感最好的方式，莫过于我请你吃一顿美食，饮一顿好酒。什么叫热情待客？我捧出我的好酒好菜招待你，你吃了我的，你的嘴也软了，心也软了，跟我就不生分了。这是我们老祖先的智慧，并由此诞生了独一无二的宴饮文化。

相传，这样的宴饮文化，从尧舜时代就开始了。那时，尧一年里要举行七次敬老的曲礼，谓之"燕礼"。燕礼进行时，大家席地而坐，一鼎一鬲，分享美酒，分食兽肉。整个宴会期间，有着一套礼仪，人人都能自觉遵从，于不知不觉中，受到德行的熏陶。

到周朝，这样的宴饮文化已日趋成熟，形成了一套完整的宴饮礼仪。

比如，在宴席上是要奏乐助兴的：

吹笙鼓簧，承筐是将。

> 鼓瑟鼓琴，和乐且湛。

到底是天子宴请客人，他把所有贵重乐器都搬出来了，又是吹笙，又是鼓簧、鼓瑟、操琴的，可见他对这次宴会的重视。"人之好我，示我周行"，这是他举办这次宴会的初衷。他是很懂得驭下的，要让马儿跑得快，就得给马儿喂草，让它吃饱了。天下的稳定，不是靠他一人之力，而是靠贤臣们辅佐。

他拿出十足的真诚，在这次宴会上不但安排了音乐助兴，还预备了厚重的礼物，赠给宾客。礼物都拿方筐子装着，捧至宾客席前。俗话说得好，吃人家的嘴软，拿人家的手软。他的臣子们又吃又拿，这下子全变得软乎乎的，就跟个软柿子似的了，心甘情愿地听凭他差遣了。

这还没完呢，他还满嘴的漂亮话。是个人都有这一喜好，就是喜欢听漂亮话。何况是从天子嘴里吐出的漂亮话？那是含了金粒子的，闪闪发着光的：

> 我有嘉宾，德音孔昭。
> 视民不恌，君子是则是效。

他举杯劝酒，漂亮话一吐就是一串：今儿我举办的这场宴会，能宴请到你们这些嘉宾，是我的福分啊。你们美好的名声，早被远远传播开去。你们品行端正，对待百姓稳重宽厚，你们规范了君子们的言行，为他们做出了好的榜样。

他如此虚怀若谷、彬彬有礼，真叫人吃不消。我想，在座的宾客，怕是很难有人抵御得了这"糖衣炮弹"的轰击。还有什么可说的？大佬都这么放低姿态了，咱们这些做手下的，只有拼命干活儿来回报这份恩泽呀！于是乎，君臣一心，换来国泰民安。

漂亮话是最好的下酒菜。臣子们不再拘着束着了，酒喝得越发地尽兴，君臣和乐且湛，使这次宴会成了千古佳话一则。后世的曹操，曾极力效仿过周天子，他用他的杜康酒招待各路英豪能人。宴席之上，他浅吟低唱：

呦呦鹿鸣，食野之苹。
我有嘉宾，鼓瑟吹笙。

一颗求贤若渴之心跃然而出。

《小雅·鹿鸣之什图·鹿鸣》　[南宋] 马和之

夜未央

夜如何其？夜未央，庭燎之光。
君子至止，鸾声将将。

夜如何其？夜未艾，庭燎晣晣。
君子至止，鸾声哕哕。

夜如何其？夜乡晨，庭燎有辉。
君子至止，言观其旂。

——《小雅·彤弓之什·庭燎》

注释

夜如何其　即夜如何。其，语助词，表疑问。
夜未央　即夜未尽，天未明。央，终尽。
庭燎　朝庭上照明的大火把。

君子	指上朝的诸侯大臣等人。
鸾	鸾铃，古代车马所佩的铃。
将将	通"锵锵"，铃声。
艾	止。
晣晣	明亮貌。
哕哕	有节奏的铃声。
夜乡晨	即夜向晨，天将亮。乡，向。
有辉	犹辉辉，光明貌。一说火光暗淡貌。朱熹《诗集传》："火气也。天欲明而见其烟光相杂也。"辉，形容烟火燎绕的样子。
旂	上面画有蛟龙，杆头有铃的旗，为诸侯仪仗。

看古装剧里的君王和臣子，我们不免生着羡慕，瞧他们那小日子过的，整日里花团锦簇，吃的是山珍海味，住的是花园楼阁，玩儿的是奇珍异宝，仆从侍女也都个个衣着艳丽。他们动不动就举办舞会、酒会、诗会，吟吟诗弹弹曲，谈谈情说说爱，日子惬意得以至于很无聊。

真实的情形又如何？我们且来看看《诗经》时代的这首《庭燎》，你或许就看到真相了，原来呀，君王不好当，臣子也不好做的。

夜未央，夜未艾呢，卧在榻上的君主就醒了。这个时辰，大约是凌晨三四点的光景。他睁着惺忪的眼，警惕地问身边侍候的人：

夜如何其？

意思是，现在是夜里什么时辰了？他是生怕一不小心，就睡过头了呀。他是个勤勉的君王，每天都要上早朝的。

我们再看看他的身边人是怎么回答的：

> 夜未央，庭燎之光。
> 君子至止，鸾声将将。
> 夜未艾，庭燎晰晰。
> 君子至止，鸾声哕哕。
> 夜乡晨，庭燎有辉。
> 君子至止，言观其旂。

身边人耳语般的，小心谨慎地告诉他："主上啊，天还未亮呢，但是呢，外面中庭的火炬已明晃晃的一片了。大臣们也已陆陆续续赶来，他们车马上挂着的铃铛在叮当作响呢。车上悬着的旗帜也在暗夜里飘扬。"

由此可见，做臣子的起得更早了，他们怕是凌晨一两点就要起床吧。他们得洗漱干净，穿上官服，戴上官帽，套上官靴，这是要花一些时间的。又从家里赶到宫廷来，路上也要花费一些时间的。

一个人尚在沉睡时，却不得不被人叫醒，从梦中爬起来，那是何等艰巨的事情。我想到另一首《诗经》，是齐风的《鸡鸣》，与这首《庭燎》首尾呼应。我们不妨放在一起读，则更有意思：

《小雅·鸿雁之什·庭燎》　[南宋] 马和之

> 鸡既鸣矣，朝既盈矣。
> 匪鸡则鸣，苍蝇之声。
> 东方明矣，朝既昌矣。
> 匪东方则明，月出之光。
> 虫飞薨薨，甘与子同梦。
> 会且归矣，无庶予子憎。

这是发生在一个大臣家里的事。也是夜未央呢，妻子早已醒了，她是个贤惠的女人，相夫教子是她的信念。为了不让夫君睡过时辰，恐怕她每天夜里都不敢深睡。她睁着眼，等着第一声鸡啼响起，知道时辰差不多了，夫君该起床上早朝了。她推醒夫君，柔声道，亲爱的，鸡已叫过头遍了，朝堂上的人应该差不多到齐了，您也该去了。夫君的好梦做得正沉，他实在太累了，他贪恋着枕被的温暖和舒适，故而咕哝着回妻子，你听错了吧，哪里是鸡在叫？那是苍蝇们在嗡嗡闹着呢。

也真是服了他了，鸡叫与苍蝇的嗡嗡之声，哪里能相提并论呢！做妻子的抿嘴一笑，她也不忍心打断他的好梦啊，可是不成啊，天就快亮了。于是，她再次推推他，指着窗户告诉他，亲爱的，您看，窗户都透出光来了，东边天已蒙蒙亮啦，朝堂上都站满了人啦。做夫君的还是不想起来，他要赖地说，哪里是天亮了，那分明是月亮投射下的光嘛。他把头往被窝里埋了埋，用近乎撒娇的口吻说，咱不要管那些虫子乱哄哄地叫了，让我再睡一会儿嘛，我甘愿和你一起把美梦做。

他的妻子何尝不想如此？可理智告诉她，不行。这个有颗七窍玲珑心的女人，依然温柔地劝说着赖床的夫君，但那语气里，有了严厉的成分。她说，亲爱的，您再不去，可真的要迟到了。等您上完早朝回来，我可不希望听到您抱怨，您的迟到惹起了他人的反感和厌恶。

有这样的贤妻在，这个大臣想偷会懒也不成啊。不用猜测，他最后定乖乖起床，举着火烛，甩着一路叮当的銮铃声，划破夜色的薄凉，上朝去了。

黍离

彼黍离离，彼稷之苗。行迈靡靡，中心摇摇。知我者，谓我心忧。不知我者，谓我何求。悠悠苍天，此何人哉！

彼黍离离，彼稷之穗。行迈靡靡，中心如醉。知我者，谓我心忧。不知我者，谓我何求。悠悠苍天，此何人哉！

彼黍离离，彼稷之实。行迈靡靡，中心如噎。知我者，谓我心忧。不知我者，谓我何求。悠悠苍天，此何人哉！

——《国风·王风·黍离》

注释

黍　　一种谷物，今称黄米、黏米。
离离　稀疏成行的样子。
稷　　高粱。
行迈　行进，前行。
靡靡　走路缓慢的样子。
摇摇　忧心无主的样子。
悠悠　遥远的意思。
噎　　气逆为噎，形容心情郁结不通。

又是一年春好处，大地苏醒，万物欣欣然开始新的生命旅程。地里的庄稼最先搭上春风的快车，它们唰唰唰，齐齐地抽出苗来。

比如，这里的黍米和高粱。

这些天，天也很顺应人心，间或落下一两场春雨，使得它们生长得越发地好了：

彼黍离离，彼稷之苗。

放眼望去，广阔的田野里，黍米一行行，长得密密麻麻的。高粱都冒出嫩绿的苗儿来了，一片澄鲜。

远远地，从田野尽头，走来一个人。他的身上，驮着一大团的雾霾，使我们看不清他的样子。可我们却在一瞬间，被他给攥住了心，他身上散发的气息，我们多么熟悉！一种悲凉的气氛迎

《诗经名物图解·稷/黍》

面扑来，却说不清那是种什么样的悲凉。心被什么沉沉压住，动弹不得。想流泪，却说不出理由。

他的脚步迟缓而凝滞。或许是身上背负的东西太重了，他的背是驼的，腰压弯了，几乎快压到地上了。他也看到春回大地了，也看到地里的庄稼欢天喜地地生长着，这些并没有给他带来安慰，反而更添一层难过。好比一个无家可归的人，看到万家灯火，他内心的伤痛只能更深。

这个人一边艰难地走着，一边念念有词。起初隔得远，我们听不清他念的是什么，只觉得雾一样的迷茫。随着距离越来越近，我们终于听清了他说的话，一颗心，立即灌满了人世的酸甜苦辣。我们想飞奔过去，帮他分担一下压在他身上的"雾霾"。想拥抱他。想对他说，想哭，你就大声地哭出来吧，男人流泪也不可耻。

他是谁？他是周朝末年的无名氏。不，不，他又是有名字的，他是后世的屈原。是嵇康。是杜甫。是岳飞。是文天祥。是史可法。是闻一多……也是亿万个的你，亿万个的我。

他说：

> 知我者，谓我心忧。
> 不知我者，谓我何求。
> 悠悠苍天，此何人哉！

谁不曾有过这样的孤独？不为人知，不为人理解。喊遍天地间，竟无一人应答。生活中所有的风雨，皆自个儿担着。所有的疑惑和忧虑，皆自个儿吞着。我们活着，总是被时代的大潮席卷着一路向前，在巨大的沧桑面前，个人的力量有时真是微小。我们倍感无力，被深深的孤独感包裹着，只能举头一遍遍问苍天，我到底是谁！

人生而孤独，大有大的孤独，小有小的孤独。所以，他踽踽独行的身影，才会引起我们强烈的共鸣。我们懂他，像懂我们自己一样。时光无情，又是有情的，黍米一行行，高粱也长高了呀，抽穗了呀，结出累累的粒儿了呀。这个孤独的人仍走在他的路上，他走出春天，走出夏天，快走进秋天了。家园易主，眼前熟悉的一切，都与他无关了，他的悲哀越来越深，"中心如醉""中心如噎"——人如酒醉般昏昏沉沉，嗓子眼儿像被什么堵住了，呜咽不成声，可他的脚步并没有停下来。这太好了！只要他不停下他的脚步，只要他胸腔里的一口血还是热的，他总能走出这片迷雾的。

好好活着，才是人生最大的价值。我们要像蚂蚁一般地活着，像狗尾草一般地活着，像黍米和高粱一般地活着，总能等来另一场春暖花开的。

图书在版编目（CIP）数据

在《诗经》的原野上漫步.陌上花开 / 丁立梅著. — 北京：东方出版社，2024.1
ISBN 978-7-5207-3608-4

Ⅰ.①在… Ⅱ.①丁… Ⅲ.①《诗经》—诗歌欣赏 Ⅳ.①I207.222

中国国家版本馆CIP数据核字(2023)第158966号

在《诗经》的原野上漫步：陌上花开

(ZAI SHIJING DE YUANYE SHANG MANBU：MOSHANGHUAKAI)

作　　者：	丁立梅
策　划　人：	王莉莉
责任编辑：	赵　琳　李海若
产品经理：	赵　琳
出　　版：	东方出版社
发　　行：	人民东方出版传媒有限公司
地　　址：	北京市东城区朝阳门内大街166号
邮　　编：	100010
印　　刷：	北京联兴盛业印刷股份有限公司
版　　次：	2024年1月第1版
印　　次：	2024年1月第1次印刷
印　　数：	1—12000册
开　　本：	710毫米×1000毫米　1/16
印　　张：	16.75
字　　数：	165千字
书　　号：	ISBN 978-7-5207-3608-4
定　　价：	49.80元
发行电话：	（010）85924663　85924644　85924641

版权所有，违者必究

如有印装质量问题，我社负责调换，请拨打电话：（010）85924602　85924603